Le vendredi à Paris

Toko Amemiya

金曜日のパリ

雨宮塔子

金曜日のパリ

Le vendredi à Paris

目次

3年目 la troisième année

la première année

1年目

いま想う「1年目の私」

肩に力が入った慌ただしい日々

「今までの私、すごく恵まれている部分が大きかった。状況が先に来て、自然とそれにのっかってきた感じなんです。だから、30歳を前にしてやりたいことを自分からやりに行く人生も悪くないかと。美術の勉強という目的はあるけれど、それよりもまず、何かひとつ決めてそこへ向かっていくというプロセスを大事にしたいって」

渡仏を目前に控えたころ、よく尋ねられた質問があった。アナウンサーを辞めてまで、なぜフランスに渡るのか。それに対して私はこう答えていた。自分でした選択に後悔の〝コ〟の字も入らぬよう全力で向かう。その先の結果がいかなるものであろうと責任を取る。そう言い聞かせていた。

われながら、肩に力が入っていたと思う。

そうして幕を開けたパリ生活は、東京での生活の感傷に浸る暇もないほど忙しく明け暮れていった。念願のパリ生活。今振り返れば、もっとゆったり構えていても……、とも思う。中身こそ違うにしろ、仕事に振り回された生活と、そうリズムは違わなかったようだ。

でも……。私は同じことしかできなかっただろう。たとえやり直しが利くとしても。

何しろ生きてる感じがする

だれにだって特別な日はあると思う。誕生日のように、その日付が先にありき、ではなくて、映像のようなものがまず浮かび上がるもの。それは、いつも決まった人の決まった表情であったり、車の窓から見た夕暮れどきの空の色だったり、そのときに漂っていた夕ごはんの香りだったりする。そういった自分にとってかけがえのないものを日付でもって自分の中に整理しておくといったような……。3月26日金曜日、〝少なくとも3年は暮らそう〟と決意してパリにやってきたその日は、そんな特別な日のひとつだ。

その日は、5年間お世話になった番組のアシスタントプロデューサーの女性、それから夜のニュース番組の準備までまだ時間があるからと渡辺真理さんと進藤晶子ちゃんが、空港まで見送りに来てくれた。人から見送られるの

は苦手だ。押し寄せる感情に流されることをどこか恥ずかしいと感じるらしく、それに逆らおう、逆らおうと必要以上に無理な演技をする傾向にある。

そのときも例外ではなかった。

「自分で行きたくて行くのだから、泣くのは違うでしょう、泣くのは。ここはやっぱり笑顔でさよならだよね」と、目を潤ませる真理さんを前にしても、私はそれにつられることなく空港を後にした（ただ、晶子ちゃんによれば、何度も何度も振り返っては未練がましく手を振っていたらしい）。とはいうものの、真理さんの涙は自分がいかに神経を張り詰めさせているかを気づかせてくれるのに十分だった。無意識に、心では受け取らず、目の端に視覚的にだけ捕らえることで身を守ったはずだったが、こめかみがずきずきしていた。

それでも、黙々とシートに座り、ベルトを締める。まわりに乗客はほとんどいない。一緒に仕事をしてきた人たちがお金を出し合って贈ってくれたビジネスクラス。それだけでも十分なのに、飛行機の中で読もうと大事にとっ

てあった手紙がいけなかった。大親友リカ、(手紙をもらうのは恐らく最初で最後であろう)結婚したばかりの弟、そして、大事な人からの手紙。もうそのころには、こめかみに始まって足先に至るまで、体中が何かほかの生き物のように思えるほど、手紙の一字一句に敏感に反応した。大事な人たちの、ふだんは見せてくれない深い思いで私はパンパンに膨らんで、ついには堰を切ったように体から流れ出していった。

涙だけでなく、鼻も出ていたようで、息苦しかった。窓を振り仰ぐと、そこにはそれまでのような気楽な旅行気分の空ではなく、これは片道切符なのだというどうしようもない現実が広がっていた。そのときだった。

「お肉になさいますか？　お魚になさいますか？」

キャビンアテンダントさんの美しい声が頭の中に響いた。演じるのが好きなええ格好しいの私も、このときばかりは取り繕えなかった。観念して振り返った涙と鼻水だらけの私の顔を見て、彼女は3歩ほど飛びのいた。が、そこはプロ。それ以上の余計な言葉をかけることもなく、粋に立ち去ってくだ

さった。私がどちらを選んだかはすっかり忘れてしまったが（それでも肉か魚と答えたらしく）、機内食が運ばれた記憶はある……。

要は、飛行機のタラップから憧れの地に意気揚々と第一歩を踏み出すという、自分が思い描いていたようなスタートとはかけ離れたものだったのだ。泣き疲れて、それでも神経を高ぶらせたせいか、一睡もできずに、目は落ち窪んでいた。

そんな私を待ち受けていたのは、ありとあらゆる手続きだった。フランスの滞在許可証、銀行口座の申し込み、電話や家電の調達ｅｔｃ．……。目まぐるしく動かねばならなかったことは、ある種救いにもなったが、滞在許可証取得に伴う健康診断には閉口した。

パリの郊外で行われるその健康診断は義務化されている。身長測定、視力検査、レントゲン撮影、尿検査に内科検診。内容は企業のそれとほぼ一緒だが、そこはフランス。ブーツを履いたままの身長測定、どこにも立ち位置を決める線のない視力検査と、かなり大ざっぱ。その後はレントゲン撮影で下

何しろ生きてる感じがする

着を取って例の重い胴着をつけた。そこまではいいのだが、ひとり立っているのがやっとの狭い部屋にその格好のままで延々と待たされる。そこには扉がふたつあり、内側の扉はそのまま診察室に通じているようだった。重い胴着と小部屋の圧迫感と、どうやら前の人が残していったらしき特別な香りに頭が霞んできたので、空気を求めて扉をちょっと開けようとしたところ、係の人にものすごい勢いで閉め直されて、危うく指を挟まれそうになる。私は露出狂と間違われたのだろうか。

ようやく部屋から出されてレントゲン撮影を終えると、次は尿検査。女性ならだれでも好んでやる人はいないだろう。しかも、男女同じ列でそれを持って受付に並ばなければならないのだ。私は日本でもそうしていたように、紙コップの上にティッシュを被せて並んでいた。すると、突然白衣の女性がツカツカと近寄り、すさまじい剣幕で「それはなんだ！」と指さしながら、公衆の面前で、荒々しくティッシュを剝ぎ取ったのだ。ショック死寸前の気持ちをようやくもち直して、私は次の内科検診に進んだ。

内科の先生はそれまでの人たちとは一線を画した、物静かで知的な雰囲気の人だった。それまでに〝ためらうとより恥ずかしい〟と学習した私は、その若い先生の目前でセーターを両手で一気に捲り上げた。と、目を伏せながら「ノン、ノン、マドモアゼル」と、優しく悟されてしまい、今度は恥ずかしさでセーターを捲り上げたまま凍ってしまったのだった。

異国での暮らしは思っていた以上にさまざまな思いを味わう。でも、その共通の思いを媒介にして人と深く接することも可能だし、何しろ生きている感じがする。

はっきり言って勉強は嫌いだ

小学1年生のときの家庭訪問で、担任の先生が「隣の席の子としゃべってばかりでちっとも話を聞かない」と言ったときの、母の苦笑するしかなかったあの状況……幼心にこんな子を持った母親を不憫に思ったものだ。あれ以来、母は勉強に関してはすっかり諦めてくれ、小さいころからお受験を経験せずに済んだことは今でも感謝している。

高校へ入ってからも私は変わらなかった。中学3年の2学期の内申書の数字が著しく下がり、希望していた都立高校受験を断念せざるを得なかった私は、入学した私立高校の自由な校風をいいことに、これまたほとんど勉強をせず、テスト前の一夜漬けに賭ける日々。そのかわり徹夜にだけは強くなった（まあ威張れることではないが……）。

一念発起したこともあった。大学生のころ、何を血迷ったか英検取得を試みたのだった。コツコツやるということが何よりも苦手なのに、体育会の部活の練習後、疲れた体に鞭打って勉強を始めた私。ところがある夜、お酒を飲んで、翌朝起きたら〝帯状疱疹《たいじょうほうしん》〟という病気になっていた。お医者さん曰く「ストレスになるほどの無理を重ねて疲れが溜まったところにお酒を飲んだせいでしょう」ということで、つくづく勉強に向いてない体だということを悟る。それ以来、英検の勉強をすっかりやめたことは言うまでもない。言い忘れたが、大学は高校からのエスカレーター式。英文科だったことはあまり言わないほうがいいだろうか。

そんな私がなんの因果か、今〝勉強をする〟という環境に置かれている。午前中は語学学校、午後はルーブル美術館内にあるエコール・ド・ルーブルという美術学校の聴講生として登録している。語学学校のほうはやらねば的感覚だ。何せ言葉を流暢に話せないということは、フランスで生活する上で不自由でしょうがない。もちろん美術学校の講義もフランス語。今は3分の1

も理解できてないだろう美術史の理解を少しでも深めるためにも、語学習得は必要なのだ。

美術学校は収容人数400人くらいの階段教室で、生徒はほとんどフランス人。1時間半の授業内になるべく多くのことを教えようとしてくれるため、かなり早口な先生もいる。初めのころは、あまりの理解のできなさに、先生の話すフランス語が子守歌のように聞こえて、スライドを使う授業で教室がほの暗いのをいいことに寝入ってしまったこともあった。一応授業はテープに録音しているのだが、家に帰って聞き直しても、恐ろしく時間がかかってしまい、翌日になってまたテープが溜まっていくといった状況だ。

それでも私なりに続けていられるのは、おそらく〝TD〟という、美術館にある本物の作品を前に、先生に解説を受けながら館内を練り歩く少人数制の授業があるからだろう。先生は相変わらず早口なのだが、作品を指さしながらの解説なのでわかりやすいし、わからないと気持ちが悪いので自分でも必死になる。これは勉強とは言えないかもしれない。ただ単に、自分の興味

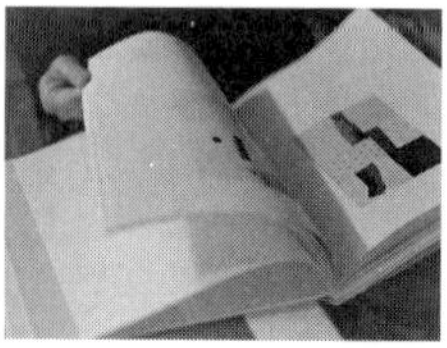

や関心に素直になっているだけなのだから……。語学にしても、あくまでも目的のための手段なのだから、これも勉強と言えるかどうか。では、その目的とはなんなのだろうか。

渡仏前はその目的をよく尋ねられた。公的に挙げた〝美術の勉強のための留学〟というのはわれながら漠然としていると思う。本音を言ってしまえば、ただ行きたいという気持ちだけで来てしまったのだ。

「向こうに行ってから見つけるんでしょう」

先日、ガンのために逝ってしまった、歌番組を支え続けた名ディレクターは、渡仏前に挨拶に伺ったとき、痩せた体で、でも目の奥に強い光を保ったままで静かに私にこう言った。

「思いっきりやってきなさい」

ここまで痩せてしまってからも、この人はまだこんなことを言うのか。後ろ手にドアを閉めながら込み上げてくるものがあったのは、あるいは私の胸の内を言い当てられたからかもしれなかった。

友人のひとりは心配して言う。

「ディプロム《卒業証書》を取るでもない、資格を取るでもない。はっきりした目標を定めるから頑張れるのに、どうして何も決めないでいられるの?」

私だって不安はある。事実、今も時間的なすき間を埋めることで不安を軽くしているきらいはある。夏期集中講座を取っていた時期は、最小限の睡眠と三度の食事以外は、ほとんど勉強に一日を費やした。毎日歩いて通学していたが、景色や空気の変化に気づくどころか、星空を眺める余裕すら失っていた。いろいろなことを考えて心細くなることもなかった。

ひとつ確信したことがある。決めたことで自分を縛ってしまうことのほうが楽だということだ。

フランス留学が決まったとき、取材依頼をいくつか受けた。30代を前にした女性の留学が増えているらしい。が、私に留学を語る資格はない。私が望むことは〝留学〟ではなく〝遊学〟なのだから。勉強するより一生懸命真剣に遊ぶことのほうが何倍も難しい。人が生きていくためには食べていかなけ

ればならなくて、それにはお金が必要だ。定収入がなくなり、出ていくいっぽうである今の私にとってそれは切実だ。

でも、お金を得るための仕事や職に結びつかせるという意味での勉強では、何か大切なものを拾い損ねてしまうような気がする。考えが甘い、恵まれているから言えること、と言われればそれまでだけど、ずっと一緒に仕事をしようと言ってくれた人たちや、死の直前まで背中を押してくれた人の思いに釣り合うくらいのものを私は得たいと思う。それが、私にできる唯一の恩返しだ。

ボージョレーへのちょっとした苦労

テレビのニュースになるほどの天候だった。フランスの東側を覆った雪、11月のこの時期に降るのはとても珍しいそうだ。テレビ画面に映しだされたのは、ところどころで車が横転している高速道路。まさにその高速に私たちもいた。

11月の第3木曜日はボージョレー・ヌーヴォーの解禁日である。約6500万本が収穫から数週間で出荷されるというイベント性で世界中に知られているのだが、盛り上がっているのは実は都市だけで、出荷を終えた地元の人たちはホッとひと息ついていて、案外地味に夜を迎えているのではないか、という考えの元、今回の旅となあいなった。

パリからリヨンまではTGVに乗り、リヨンでレンタカーを借りてボージ

ヨレーへ走る。さらに、〝ブルゴーニュワインの首都〟と言われるボーヌで行われる大きな試飲会に参加してから、ディジョンで車を返して再びTGVでパリに戻る、というのが大まかな計画だった。車で走る距離は知れている。緩やかに北上するのみと、いつものように楽観的に考えていたのだった。

女3人の旅。運転できるのはカメラマンの篠さんと私のふたりだった。リヨンで車を借りて、お昼はリヨン名物〝ブション料理〟をたらふくおなかに収めた後、高速に乗った。が、逆方向の高速に乗ってしまったので、いざ振り出しに戻り、再び高速に乗ったときには早くも太陽が落ちかけていた。ボージョレーに行くには〝belle ville〟で高速を降りねばならない。ヨーロッパの夜の高速は暗くて標識の文字が読みづらい上に、雪のせいか車線も見えない。運転している篠さんも標識の字を必死で捕らえようとするあまり、いちばん端の車線から路肩にちょっとはみ出してしまった。そのときである。チェーンをつけていないタイヤがスリップしたのだ。

(これは死を覚悟しなければならない旅だったのか……)

恐ろしい沈黙が立ち込める中、血の気の失せた顔で隣の篠さんを見ると、今の一件での緊迫感とずっと運転していた疲労感が肩の辺りに現れていた。長い間運転していなかったのに、久しぶりの運転がこんな雪道の高速では無理もない。

そして、運転をかわった私を襲ったのは、前を走るトラックのタイヤからの容赦ない雪煙のお見舞いだった。助手席の篠さんとふたり、叫び声をあげる。視野を妨げられながらもなんとかハンドルだけは握り締め、事なきを得た。と、だいぶ経ってから後部座席で固唾を呑んでいたMさんが口を開いたのだった。

「さっきのトラック騒動のとき、横に〝belle ville〟の出口があったんだけど……」

高速を降り損ねたために、真っ暗な山道を、人影を見つけては道を尋ねながらようやくボージョレーまで辿り着いたのだが、ホテルに着いて荷物を置くや否や、夜の街に繰り出すことにした。通常ならば2時間の道程に、倍以

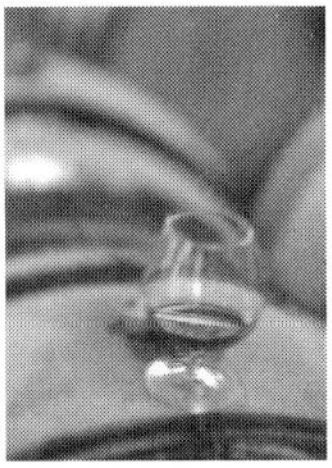

上もの時間をかけてきた私たちに、ホテルの人は優しくいちばん賑わっている店を教えてくれた。

嬉々として目的の店の扉を開けた私たちに、村の人々は好奇心に満ちた遠慮のない視線を向けてきた。外国人の若い(?)女性は珍しいのか、相席になった村のおやじさんたちはやたらと話しかけてくる。ほろ酔い加減とはとても言い難い。何しろ、ボージョレー・ヌーヴォーは飲み放題なのだから……。ダンスの誘いを断り続けて、挙げ句の果てには座っている椅子ごとさらわれていきそうになったMさんが「J'ai faim!(おなかが空いてるの!)」と、まだなんの料理も出ていないテーブルにしがみつきながらうめいているのを聞き、笑い転げていたら、今度は自分のほうが触られそうになる。そのあまりのしつこさに私の額に青筋が立つのを見て、私たちの分までおやじさんたちの相手をしてくれていた篠さんがポツリと言った。

「この人たちだって、きっとふだんは気の小さい人たちなんだよ」

そうだった。これは年に一度の地元の人たちが楽しみにしているお祭りで

ある。それなのに勝手に入ってきたよそ者の私たちをこうして暖かく迎え入れてくれているのだ……気が付くと、踊りの中に3人とも入っていた。

　今回の旅の拾いものは、ボーヌのプレス相手の試飲会ではなく、〝Chalon-sur-Saône〟という街そのものだった。前日の道の不慣れを反省した私たちは、なるべく移動にかける時間を短縮させようと、この街に宿を求めた。街には、〝ネオ・ゴシック〟様式ではフランス最古というカテドラルもあった。冬の夜の教会はなんとも言えない趣がある。華美すぎず、威厳の中にも可愛らしさを備えたその大聖堂で、私たちはかなりの時間を過ごした後、通りがかった雑貨屋さんのマダムに教えてもらったレストランで、生ガキと魚料理とchassagne-montrachet《シャッサーニュ・モンラッシェ》の白ワインを飲んだ。そのワインがあまりにも美味しかったので、翌日にはモンラッシェまで足を延ばすことにした。

　幸いそんなに遠くはない。いざワイン街道を走ってみると、田園ののどかさと収穫を終えた葡萄畑の哀愁とが入り交じっていて、心が落ち着いていくのがわかる。やがて地図や標識で確認しながらモンラッシェに着いた。ピュ

リニーのカーヴだけでは飽き足らず、前日に飲んだchassagne-montrachetの味を求め、ついにシャッサーニュのカーヴに辿り着いた。

喜びはひとしおだった。私はもとからワイン好きだということもあるが、カーヴの店主に「いや、もっとコクのあるのを……」などと言いながら試飲していって、自分のイメージとピッタリ合った味に出合えたときなどは、あの雪の高速すら華々しい記憶に変わるかのようだった。

カーヴの休憩時間待ちをもて余して入ったレストランも、なかなかの掘り出し物だった。チーズやデザートも、地元のワインにピッタリ合わせるべく、地元で採れたチーズや果物がふんだんに使われている。

旅の喜びって、決して華やかなものにあるのではなく、だれにでも手の届くところに転がっていて、でもそれは〝ちょっとした苦労〟という切符がないと見つけられないものなのかもしれない、そう思った。

自分が選んだものに囲まれて、暮らしたい

表情が変わってきたと、フランスへ遊びに来た友人たちから言われることがある。日本の週刊誌などに書かれた記事の中には〝きつかった目が穏やかになった〟とか〝少し太った〟といったあまりありがたくないことも書かれているらしいが、友人曰く、学生時代の表情に戻ったそうだ。「塔子も仕事をしてるころはけっこう頑張っちゃってたんだね」。会っても仕事の話などほとんどしなかった貴重な友人たちは脳天気に言う。

始終時間に追われ、絶えず集中力と緊張感を必要とされたあのころの生活は、それはそれで好きだった。ほどよい緊張感は、特に仕事がうまくいった後などには心地よい疲れをもたらす。パリでも、異国で暮らす外国人として

ある種の緊張感はもちろんあるが、それはまったくの別物だ。とにかく時間がゆったりと流れ、生活そのものにたっぷり時間をかけられるのが、何より嬉しい。

今住んでいるアパートを見つけてくれたのはパリ在住4年を誇る友人である。彼女は、日本で一度しか会ったことのない私のために、「不動産屋に寄ってみたら、たまたまいい物件があったから」と、面倒な手続きも買って出てくれた。これまで、アナウンサーという職業柄、何かとお膳立てしてもらうことが多かった。たとえば、だれかを取材するにも、事前の交渉はスタッフがしてくれている。その足に必要なチケットの購入や事務的な手続きもしかり……。そういうことに疑問を抱かなくなるようなバランスの欠けた人間になりたくないからと、こちらに来たらできることはなるべく自分でやってみようと思っていたのに、最初からこんなありさまだった。

せめて、家具の調達くらいは自分ひとりでやろう、そう心に決める。私のアパートには小さな冷蔵庫は備わっていたものの、ほかの家具はまったくな

かった。短期留学生は勉強机やベッドなどの家具付きの部屋を好む傾向にあるが、私にとっては念願のパリ生活。家具ひとつでも自分で選んだものに囲まれて暮らしたいと、あえて家具なしにしてもらった。

フランス人は部屋いじりが好きな人種だ。大家さんもその辺りは重々承知で、釘を打ったりドリルで壁に穴を開けることすら、部屋をよくするためなら大目に見てくれる。ただ、このよくするという基準がどういうものなのかは定かでない。私の部屋の階下のバイオリニストに至っては、壁を赤く塗ってしまっている(彼の部屋の前を通ったとき、たまたまドアが開いていたので中が見えてしまった。しかも、彼は赤いバスローブまで着ていた。怪しい)。私も負けじとカーテンレール用に壁に釘を打ち、トイレットペーパーを備え付けるために、レンガに似せた固い壁にドリルで穴を開けた。

初めこそCDをボリュームいっぱいに上げて、ドリルの音をごまかしていたのだが、やり始めるとだんだん図々しくなるもので、その後は、台所の調味料立ての棚をはじめ、穴の数はどんどん増えていった。パリには東急ハンズ

をさらに充実させたような店がたくさんあって日曜大工熱をかき立てられる。

テーブルや椅子は、気に入ったアンティークものを探してゆっくりとブロカンテ（蚤の市）巡りをした。週末に開かれるクリニャンクールとバンブーというふたつのブロカンテに足繁く通い、値段を尋ねて値引きをしてもらってもなかなか買わない、嫌な日本人をやっていた。

フランス人は意地悪だという人もいるが、そうとも限らない。家から10分くらいのところで開かれたブロカンテで、ひと目惚れした椅子2脚を購入して、歩いて持ち帰ると言った私に、店のオーナーは「ひとつ持っていってやるよ」と、椅子を抱えてふたりで並んで帰ったこともあった。あとどのくらいかと尋ねられるたびに、「あとちょっと」と返事をして、延々と歩かせてしまった。たまに立ち止まっては遠い目をしていたあの小太りのおじいさんは元気だろうか。

大きな家具が揃うと、次はリネンやカーテン生地。たくさんある生地を前にあれこれと迷って選ぶのも楽しいひとときだ。ファーのような生地も安い

ので、クッションカバーまでつくってしまった（ただし手縫いなので、早くもほころび始めているけど……）。

電化製品は、またもや人の好意に甘えてしまった。コーヒーへの思い入れがかなり強い私としては、エスプレッソマシーンは何がなんでも外せず、それは別として、あとのほとんどは、もう使わないからと友人がくれたものばかりである。いただいた炊飯器やオーブンは、週の半分以上は自炊をしている今の私の生活を力強く支えてくれている。

なんだかんだ言っても、やはり人の世話になっている罰だろうか。先月はシャワーのお湯が出なくなった。温水器の故障だろうか？　こういうとき、こちらでは、どこの業者に修理を頼んでもいいというわけではなくて、アパートの大家さんが契約しているPlombier（配管工事人）に連絡をしなければならない。そのかわり、自分で壊したのでなければ、お金を払う必要もない。その仕組みを知らずに、これまた私が足を向けては寝られない大先輩に教えていただき、なんとかPlombierに工事の日程の約束を取りつけた。

工事の日まで修行僧よろしく水シャワーの拷問に耐えた私。当日は学校を休んで、家で待つこと2時間。挙げ句の果てに、電話のベルが鳴り、今日は来られなくなったとあっさりひと言で片付けられたのだった。でも「ここはフランスだから……」。そして、待つことさらに1週間弱。基本的にはお風呂好きの私ではあったが、そうなってしまっては一日の中で冷たいシャワーを浴びる時間は最も恐ろしい時間となっていた。

シャワーが直ったときの感激は今も忘れない。お湯ってこんなに温かいものだったのかと、うっとり。シャワーだけで1時間近くも浴びてしまい、指がすっかりふやけてしまった。が、その喜びもつかの間、今わが家の洗面所は床下浸水の兆しが……。

魚屋さんの前では、ついつい長居する

日曜日の午前中は用事を入れられない。私の食生活を支えるマルシェ（露天市）が開かれるからだ。もちろんマルシェは日曜日だけとは限らない。私がパリ一だと思っているパン屋さんの近く、モーベール広場でも木曜と土曜日に開かれる。でも、平日は午前中から学校があるし、土曜日は美術館へ行くことが多いので、必然的に日曜日となる。日曜日の午前中くらいはゆっくり布団の中にいたいと思うほど、寒さが厳しくなってきた。が、マルシェの野菜は街中のどのスーパーで売られている野菜より新鮮だし、中には〝Bio〟という有機栽培だけを扱う店もあって、つい足繁く通ってしまう。野菜だけではない。魚、肉、チーズをはじめとする乳製品、ハーブ類、オイル専門店etc.……なんでも揃うし、産地も明確なので安心だ。

通い慣れると贔屓の店もできてくる。ルッコラを買うならここ、ラズベリーなどのベリー系はここ、卵は、鶏は……といったように、50を超える屋台の中でも自然に淘汰されてきた。

魚屋さんの前ではついつい長居してしまう。氷の山の上で「買って、買って！」と輝いた目で語りかける、鱗もピカピカの魚たちと目が合うたびに、美味しかった母の料理に思いを馳せてしまう。

たいていは切り身ではなく、丸々一匹なので、魚を購入すると近所に住むマヌカンの友達、ゆう子のところへ行く。ひとりではとても食べ切れないし、何せゆう子の家では、モクモクと煙を出して魚を網で焼いてもアパートの住人から文句が出ないので気が楽なのだ。

ゆう子の人のよさは語り尽くせない。以前、日本へ帰国するときにメトロ、バスと一般交通網がストライキでストップしてしまったのだが、そのとき、ひとりじゃ重たかろうと私の重い荷物を細い肩に担いで一緒に歩いてくれたのも彼女である。先日、電話中のゆう子に頼まれて、鱒を網焼き器の上で裏

魚屋さんの前では、ついつい長居する

返そうとして、あまりの熱さに網焼き器ごと落として絨毯を溶かしてしまったときでも、彼女は顔色ひとつ変えなかった……。

ごはんを炊いて、焼き魚にちょっとしたお惣菜とお味噌汁という憧れの夕食もたまにはするが、たいていは学校帰りに20時までやっているパン屋に駆け込みバゲットを買って自炊するか、簡単なパスタ料理をつくることが多い。学校が遅く終わると辛いので、カボチャやジャガイモのスープといった時間がかかるものなどは暇なときにまとめてつくっておく。スープは友達が急に遊びに来たときでもすぐにサーブできるので、なかなか使える。それから、ポトフやカレーなど日もちのするものや、夏にはマリネもよくつくった。

日本から友達が来ると、せっかく来たのだからとフランス料理をはじめ、外食が続いてしまう。それでも外食が何日も続くと、みんな胃腸が疲れてくるので、私の狭いアパートにお惣菜やチーズ、ワインやバゲットを持ち込むというパターンになる。こういうとき〝ECHIRE〟という美味しいバターを出すと感激されるので、（ひとりでも消費量の多い私は）バターを絶やした

ことはない。

日本にいたころも、思い立って雪の高速を飛ばして仙台までお寿司を食べに行ったりすることを究極の幸せと考えていた私としては、多少の距離ではびくともしない。ただ、パリから南に500km下ったオーヴェルニュ地方のラギオールという街にある3つ星レストラン〝ミッシェル ブラス〟に行ったときはさすがにまいった。

運転手でもなんでもやりますからと、パリのレストラン経営者に連れていっていただいた私は、20時の予約前には街に到着するようにと、高速道路を慣れないベンツで平均時速160kmで飛ばしていた。高速を降りて、工事のために車線が減ったところでそれはやってきた。ポリスである。減速しないで車線変更したという、今でも納得できない理由で車を止められた私は(ベンツということもあったのだろう)600F《フラン》の罰金を要求されたのだった。警官の帽子の内側に挟んであった彼女の写真を褒めちぎってみたものの、効果はなかった。しかし、罰金をとられても時間をかけても、行く価値はあっ

た。自家栽培の見たこともない野菜やハーブを使った野菜料理をはじめ、味も独創性も、見た目の美しさも感動ものの料理で、その日のランチには日本から山本益博氏がわざわざ来ていたという話も納得だった。

帽子に写真といえば、先月のボージョレーへの旅で立ち寄った、リヨンから１００km離れたところにあるレストラン〝Greuze〟の80歳になるシェフは大変チャーミングだった。「あと10年くらいしたら、ここまでしっかりとしたフランス料理は食べられなくなるから……」と、『ル・フィガロ』紙の記者でフレンチ・ガストロノミー批評家のフランソワ・シモン氏に勧められ、シモン夫妻と同席するという素晴らしい機会を得たのだ。

直径20cm、厚さ１cmはあるパイ包みのパテを食べ、地方料理〝クネル〟を平らげると、さらにブレス産の鶏料理を半羽分サーブされた。伝統的なフランス料理ながら、重い印象はなく、本当に丁寧に調理された贅沢さと愛情を感じた。おなかが十二分に反り返りぎみになったころ、ほとんどサングラスに近い印象の四角い眼鏡をかけた大柄なシェフが現れた。「シモンだろうが

だれだろうが、変わらぬものを出すさ」と言いながら、お客さんたちから届いた〝感激しました〟というお礼の手紙を大事そうに見せてくれるシェフ。その彼の帽子の折り返し部分に、ビキニ姿の美女のブロマイドが挟まれているのを見ながら、きっと10年後も彼の料理は食べられるだろうと確信を抱いた。生への漲《みなぎ》るバイタリティ。この人は、みんなの〝美味しかった〟という喜びの声を聞くために、一日の大半を、残る人生のほとんどを料理に捧げながら、生の炎を燃やし続けるのだろう。

3つ星も素敵だけれど、網焼き器の鱒も不可欠だ。何より、生きることを大事にしている愛しい人たちと、食事を媒体に共有する時間をいくつ重ねられるだろうか。

この芸術との距離感は、かなり心地いい

パリで暮らしてみて驚いたことのひとつは、musée（美術館）が本当に自然に人々の生活の一部になっていることだ。お気に入りのスポットを聞くと、その中にmuséeやギャラリーが必ずひとつは挙がってくるし、若い男の子でも、時間があったからmuséeに寄ってきたというような話はよく聞く。初めこそ、そんな話は（まるで、三度の飯より甘いもののほうが好きだ、などと抜かす男性を見るような）ちょっと気持ちの悪い生き物的に感じてしまっていたのだが、幼いころから生まれ育った地域内に（つまり歩ける範囲内に）、ひとつはmuséeがあるのだという生活環境がわかってくると、むしろそれは当然のことのように思えるのだった。

特別展の初日辺りや終わりかけのころを除けば、大抵は空いている。日本

では、隣のおじさんのペースに合わせざるを得ず、美術館を出るころにはその残り香までもが強烈に移っていたという最悪の状況など、フランスでは皆無である。自分のペースでゆったりと鑑賞し、気が付けばその空間に自分ひとりだったことさえある。

マルモッタン美術館では、モネの睡蓮シリーズの中央に設けられたソファに寝そべりながら、まるでジヴェルニーの池に漂っているかのように鑑賞することも可能だ。パリ市立近代美術館のマチスの部屋では、2階まで吹き抜けの天井の高い部屋で、その上部にかけられた『ダンス』を階段状の床に腰をおろして見上げることもできる（単に怠惰という噂もあるのだが）。混んでない限りは係員からのお咎めを受けることはないし、自分だけの時間、空間を邪魔されることもない。

作品の配置の仕方や見る側の目の高さによって、作品も表情が変わるということを実感したのもこのころだった。オルセー美術館の上階でゴーギャンの作品群へと続くところに、セーヌ河を見下ろせるカフェがあるのだが、そ

の仕切りの壁にかかっているのがセザンヌの『La femme à la cafetière』である。腰をおろした女性の横のテーブルにはコーヒー沸かしとカップが描かれていて、なぜこの絵がここに配置されたかということが、だれにでもわかるようになっている。

凝っているのはなにも館内だけではない。天気のよい日のロダン美術館の庭ときたら、絶好のデートスポットになっている。整然と、意味を込めて配置されたブロンズ像に囲まれて、芝生に寝転がるカップルは、別に芸術談義を交わしているわけではない。庭園のみの入場なら5F《フラン》と破格だから、庭目当てのカップルも多いのだ。パウロとフランチェスカの物語を情念に変えたロダンの絡み合う男女の作品を鑑賞した後、庭では、現実の男女が絡み合っているのを目にする、といった具合である。彼らは、自宅の庭か通い慣れた公園のようにロダンの庭を自分のものにしているのだ。

muséeを一部の趣味人の特権にはさせず、作品を楽しむより知識欲に走ってしまうわけでもなく、かつ恋人につき合って見ているという義務感を持た

ないでデートを楽しんでしまえるところには、ただただ感心してしまう。この芸術との距離感はかなり心地いい。

好きな作品を挙げることは、好きな本や、今まで読んできた本を挙げることに似たようなこっ恥ずかしさを感じる。自分なりに重ねてきたものを見透かされてしまうような……。でもあえて挙げるとすれば、ロダン美術館にある〝手〟はたまに無性に見に行きたくなるもののひとつだ。私が手フェチだからということもあるが、ロダンの執着した手には『創造する神の手』『祈る手』といった神性と、芸術家の性である創造するということ、さらにロダンの得意とするエロスが融合されていて、なんとも言えないニュアンスが醸し出されている。

私はmuséeにはむしろひとりで行くほうが好きだ。「この美術館のあの絵が好き」「あの作品に震えるほど感動した」というような話を聞くと、その人に興味があればあるほどその作品を見てみたくなるものだ。実際、それがきっかけとなって足を運んだ美術館も少なくない。でも、その人の感じたも

のはその人のもので、たとえ一緒にそこに訪れてその感動の場に立ち会うことはできたとしても100%の共有はあり得ない。それでいいと思う。互いに踏み込めない世界、輪を持っていても、どこかが重なっていれば、より一層世界は広がってくる。その輪がピタリと重なっていたらその世界は濃いかもしれないけれど、それ以上の広がりは難しいのではないか……そんなことを思う。

また、どんなに思い入れのある作品でも、見るたびに感じ方や印象が微妙に変わってくるもの。ルーブル美術館には、プリュードンの『皇妃ジョゼフィーヌの肖像』がある。私はその憂い漂う口元に、もはやナポレオンの愛を受けることのなくなったひとりの女の哀愁と、達観した精神の気高さを感じていたのだが、その微妙な口元の歪みは、実はその時代の女性にはありがちだったひどい虫歯を隠すためゆえの歪みだと聞いて、がっかりしたことがあった。知らないままのほうがよかったのか、知った上でさらに深みが増すのか、私にはわからない。あるいは、どうだっていいことなのかもしれない。

私にとって、気になる一枚であることには変わりないのだから……。

「絵画はいいよね、残るから……」とは、よく聞く言葉だ。

たしかに作品は残るが、その時々に感じ取れるものはそのとき限りだとさえ思っている。どんなに蓄積しても、死と同時にすべて消えてしまうもの。

私はあえて形に残らない、贅沢な無駄に時間を費やしたい。

やり始めたら、楽しくて仕方ない

近所の魚友達のマヌカン、ゆう子が言った。

「学生料金を今年からさらに値下げするんだって……」

1月に帰省した際、私は温泉に行きたくて、ある情緒豊かな露天風呂旅館に宿を求めた。夕食までにひと風呂浴びようとしたとき、手桶に日本酒の盃を持たせてくれたおかみさんの心憎いサービスに感激して、残しちゃいけないと飲みすぎたのが悪かったか、あるいはこの1年間ほとんどシャワー生活だったために、芯まで温まることに慣れていなかったせいか……温泉から出た後、気が付くと裸で脱衣場に倒れていたのである。

就職も自他共に認める体力採用だった私はこの事実に愕然とした。そこでパリに戻ってから、失った体力を取り戻そうとジム通いを考えたのである。

しかし、スポーツは好きだが、ひとりで黙々と機械に向かうなんて考えられない。大学時代はスキー部に所属していて、（だれもが陸上部と間違えるほど）走らされていたし、バーベルを持ち上げたりする筋トレもあった。ラグビー部と共同の埃っぽい部室で先輩の監視のもと力むのだが、みんなと苦を共有していたため、そう辛くもなかった。

でも、あれをひとりでやるというのは……。おまけにパリの人々は愛すべき怠惰な人種である。まれに、朝ジョギングをしている人を見かけることもあるが、あれはきっとアメリカ人か、あるいは恋人がアメリカ人だろうと思っている。日本でジムに通っていた人でも、パリに来てからはぴたりとやめてしまうという気運の中、腰を上げるのは至難の業だった。

以前から、とあるスポーツクラブの会員だったゆう子が、そんな私を見兼ねて詳細を調べてくれた。不思議な話だが、パリのスポーツクラブにはマヌカン料金というのがあり、学生料金よりさらに安い。自分の体の線を維持するために通うのか、ちゃんと会員カードには〝マヌカン〟と打ち込まれてい

る。私も、お笑い専門マヌカンとでも言ってみようかと思ったのだが、学生料金でも通常の6割以下だと聞いて、ついに入会を決めたのだった。

やり始めたら、これが楽しくて仕方ない。もちろんいちばんの目的は体力向上だが、そこに集まる人を観察していると飽きることがない。私の入ったジムはスポーツクラブの中でも最大手で、パリの至るところにチェーン店を持っている。日本でいう〝エグザス〟のようなものだろうか。会員証を提示すればどこでも利用することができるので、その日の行動によって場所を選べて便利だ。

まず最初に私が通い出したのは、学校から歩いて3分のパレ・ロワイヤル店だった。ここに集まってくる人はマッチョ系のホモセクシャルのお兄さんたちか、リッチなマダム。たまにマヌカンらしきマブイお姉さんもいる。場所柄なのか、私のような謎のアジア人はほとんどいない。パリでも比較的庶民的な場所、リパブリックにあるジムに行ったときに、あらためて場所によって客層が違うということを実感した。

パレ・ロワイヤル店の人々は、自転車のペダルをこぎながらも雑誌や新聞を読むのがあたりまえのような風潮がある。なのにリパブリックの人たちはみんなかなり真剣だ。肩の辺りからシューシューと湯気を立て、中には滴る汗で床をビシャビシャにする男性もいるほどだ。と思えば、（やや跳ねの少ない動きの）エアロビクス教室にはお年寄りもいる。どうしてもワンテンポずれるお婆ちゃんと隣り合わせになって、強烈な顎突きを何度食らったことか……。そういう危険信号を発する人は初めから避けておかなければならないことも学習したのであった。

みんな格好も気合が入っている。おなかが多少出ていようが構わずセパレートを着るし、女装にしか見えないオカマさんも、股が深く切れ上がったレオタードに濃い化粧を欠かさない。教室のいちばん前の鏡から１ｍと離れていないところにいつも陣取り、自分の動きやシルエットを鋭い目でチェックする様子は異様だが、これにもだいぶ慣れてきた。

慣れないこともある。あれはサウナでのこと。ゆう子とふたりでサウナの

扉を開けたところ、先客の女性が股を広げてビキニラインのお手入れをしていたのである。私たちの唖然とした表情に怯むこともなく、毛抜き作業に余念がない。ちなみに、下着を干している人を見かけたこともある。

ジムによっては、室内がよく見えないほど蒸気で満たされた〝ハマム〟（ミストサウナ）がある。乾燥しやすいパリでは肌の潤いのために好都合だし、日本のお風呂を思い出すので大好きだ。ただ、ここで垢擦りをするのがブームになっていて、その輪が広がりつつあるのが怖い。油断すると、隣の人の豪快なマッサージで不思議なものが顔に飛んできたりするのだ。いくら個人主義のフランスとはいえ、これには耐え難く「人のことも考えよう！」と、怒鳴ってみたのである。心の中でだけど……。せいぜいゆう子と日本語で「オイ、オイ、オイ」と、悪口を言うくらいなのである。それでも裸のつき合いだからだろうか。ふだんはすましているパリジェンヌが気さくに話しかけてきたりする。古代ローマの公共浴場の意味がわかるような気がする。

ジムへ加入して2か月ほどになるが、（以前は熱心ではなかったはずの）

ゆう子と、争うかのように2日に一度、2～3時間はジムで過ごしてしまうほどはまりすぎの自分が怖い。気に入ったインストラクターの教室があるときなどは、学校の授業を早退しかねないほどで、自分を抑えるのに苦労する。何も考えずに体だけ動かした後の心地よい疲労感は、お気楽な時代の部活を思い出して懐かしい。

最近、「体つきが変わってきた」と、ゆう子が言う。体が締まったというよりは、元来筋肉質の彼女は、がたいがイイ系になってきているというのだ、マヌカンなのに……。プロにメニューを考えてもらわなくちゃ！　と、今ふたりで計画している。

縁のある人とはとことんある

友達には恵まれていると思う。といっても、たくさんいるほうではない。毎日のように電話をかけ合ったり、どこへ行くにもつるんだり、といった関係はどちらかというと苦手なほうだ。本当の意味での友達ならば、そうしたことで関係を繋ぎ止めておかなくても心のどこかにいつもいるものだろうと、これは同性に限らず異性に対しても変わらぬ考えだ。この甘い（?）考えのおかげで、友達の数は本当に淘汰された。でも、残った友達に注げるエネルギーはより増すし、そういった人たちとは不思議なことにタイミングまで合ってしまうものだ。

たとえば……パリへ来てから初めて重い風邪をひいたときのこと。私は体の仕組み上、あまり強い薬は飲めず（点滴は別。あれにはテレビ局時代、本

当にお世話になった）、特に強いといわれるこちらの風邪薬は飲む気がしないでいた。とはいえ、何日も前から飲み続けていた日本から持ち込んだ薬では、もう治りそうにない類いの風邪だった。

パリでの生活も丸1年を迎えようとしていた。これまでは自覚することもなかったいろいろな膿が出てきたのだろうか。40度を超す熱とひどい寒気に布団の中から一歩も出られず、かといってパリの友人に甘えるのもどうしたものかと考えあぐねていたところに、日本からひとつの小包が届いたのだった。それは（よくテレビ局に届くような）ゴツゴツとしたセロハンテープだらけの怪しい小包だったが、送り主は親友のリカで、封を開けると抗生物質が出てきた。

歯医者さんと結婚した彼女は、パリの薬は怖かろうと、処方箋なしでは手に入らない抗生物質を送ってくれたのである。薬が欲しいとも風邪をひいたとも言っていないのに……。熱で気弱になっていたこともあり、布団の中で涙した後、人とのタイミングは一種の縁に似た、合う人とは合う、縁のある

人とはとことんあるんだなと思った。

ゆう子……この名前もしばしば登場するが、やはりこのテーマにおいて外せない。私はアナウンサーという仕事をしていたことで人に興味をもたれることがあるが、それはときに寂しい種を蒔くことがある。……この人は元アナウンサーという肩書きがなかったら近づいてくれなかったんじゃないだろうか……と。その点、ゆう子は私が何をしていたかを知ったのはかなり仲よくなってからだった。「初対面でため語でなく敬語を使ったのは塔子だけだったから……」と、彼女の人間観の重要な基準であるそれは私と共通している。まだよくわからない人と距離を置きながらも、見かけはため語を使ってコミュニケーションをとるという不自然さには馴染めない。あとはやはり縁だろうか。歩いて5分以内に住んでいたことや、知人同士が繋がっていたりと、偶然性は数え上げたらきりがない。おまけに男性関係や、踏んだり蹴ったりの経験も怖いくらい似通っていた。

フランスに居てまで日本人とばかりつるむのはどうだろう……渡仏した留

学生ならだれでも考えることだ。でも、ゆう子はロンドンとパリを行き来する柔軟性と、日本人ということをとても大事にするその個性があり、フランス人からとても大切にされている。彼女のおかげでドラというパリジェンヌにも出会えた。

大学院で日本語を専攻しているドラは、焼けた肌にパールのメークがよく似合う、ひじきとナイキの靴が大好きな女の子だ。外国人はみな精神年齢も上に見えるというが、彼女との年の差もほとんど感じない。ドラとは不思議な巡り合わせで、会って2回目にして女性としていちばん大事なところを見られたのである。婦人科の主治医を持つのはあたりまえだという彼女の勧めもあり、ゆう子共々、彼女の主治医の女医さんに検診してもらうことになった。彼女はわかりづらい専門用語を通訳してあげるからといって、同室して立ち会ってくれたはいいが、だからって……。そこがフランス人女性と日本人女性の差だろうか。いざ検診が始まり、下着をおろした私の傍らで、彼女は遠のいてくれないばかりか、目をそらさずに検診を見守っているのだった。

その不思議さをゆう子とあとで語り合った。彼女の場合、さらに勘違いして（乳ガン検診もしたのだが）上の下着も取ってスッポンポンで診察台に上がったらしい。そんなわけで、もう何を見られても恥ずかしいことはなく、まわりくどいことを飛び越えて親しくなった。

難しいのは異性の場合だ。もちろんドラの彼や、貸したデジカメをなかなか返してくれない老人パトリックといった、恋愛感情のもちようのない相手とは心を全開にして友達になれる。が、パリの異性は、叶うことがないのなら友人関係でもいいから繋がっていたいなどという感情はあまりないらしく、愛情表現をストレートにぶつけてくる。居留守を使おうが、ひどいことを言おうが怯む様子もないのにはあっぱれという気にもなってくる。ただ、恋愛感情をあらわにされながらも、こちらにはその気がなく、かといって友人としては会えないという私の性格からしても、やはり長く友人関係を続けることはできないのである。

先日、いちばんお気に入りのコロニアル&西洋風カフェで、ふたり組の素

敵な男性と隣り合った。ふたりのうち、ひとりはジョニー・デップをさらに格好よくした風で、そんな彼が冷房を苦手とする私の様子を見てとって、店の人に冷房を止めるよう言ってくれたのだった。格好いい人にありがちなホモセクシャルでもないようだ。その後盛り上がって、お互いに美味しい和食の店と流行のバーの情報交換をして、行くときは誘うからと電話番号を聞かれた。こっちへ来て初めてこういう出会い方をした人に本当の電話番号を教えたのに……あれから3か月、音沙汰はない。

私もいつか、したいと思う

30歳を目前にして、結婚式に出席する機会が妙に増えてきた。去年、年子の弟に先を越されたのに続き、学生時代からの友人が南仏で挙げた式に駆けつけたり、先日は親友のリカにまで先に行かれてしまった。勝手な都合でひとりパリにいることもあって、結婚式貧乏も甚だしい。

しかも、幸福の絶頂にあるとひと言で片付けてしまうには、あまりにもさまざまな感情が交錯するあの場に居ることは、正直言って嬉しいだけではすまない。新郎新婦が近い存在であればあるほど、なんとも言えない苦い思いに苛まれるのだ。

まず、初めからいけない。教会式で花嫁とお父上が腕を組んでバージンロードを歩いてくる例のやつ。扉がバーンと開いたとき、新婦の顔が少しでも

歪んでいようものなら、もうつられて涙が滝のように流れていく。

職業柄、結婚式の司会も何度か経験したことがあるが、実にあれは寂しいものだ。仕事仲間や遠い関係においては、司会者として割り切れるから別として、新婦を取り巻く環境を共有してきた仲間たちと同じテーブルを囲めずに、ひとり蚊帳の外から祝うようで……できることなら式の進行などは気にかけず、静かに見守っていたい。

20歳の娘に「道を渡るときは車に気をつけて」と真剣に言っていたお父様は、今どんな思いでこの式を見届けているのだろう。いつまでも子供のままでいてほしいのに、娘は家から巣立とうとしているのだ……。そんなことをぼんやりと考えるゆとりが欲しい。私をよく知る友人はみんなそのことを知っていて、司会者としてではなく友人として式に招いてくれるから、一層帰国せざるを得なくなる。

そのかわり、友人代表でひと言、みたいな役割はけっこうまわってくる。「才色兼備で」とか「よく気のつく女らしい性格で」といった褒め言葉は（友

人がメチャメチャな奴が多いということもあり……）どうしても出てこないので、新婦にはあまり喜ばれないけれど、私なりに伝えたい彼女の人となりを話すことになる。これがまた辛い。具体的なエピソードを挙げると、そのときの感情が蘇り、胸が詰まってしまうこともある。

さて、先日、パリで初めて日本人女性とフランス人男性との結婚式に招かれた。こちらでは役所で式を挙げたり、結婚届にサインした後、教会に行く人もいれば、実家の庭やレストランでパーティをする人もいる。が、年々教会で式を挙げる人は少なくなってきているとも聞く。日本では、教会で式を挙げるためににわか信者になる人もいるのに、フランスではあえて無宗教を主張したくて教会を選ばないというのだ。ただ役所とはいえ、友人が式を挙げた南仏のマントンの役所はジャン・コクトーの壁画で有名なところで、それは可愛くて素敵な式であった。今回招待してくれたカップルも、午前中に役所で式を挙げた後、彼らの新居で内輪だけのパーティをして、私たち友人は2次会に招かれた。その2次会がかなり特殊だった。

会場はなんと真夜中の映画館。彼が映画館で働いていることもあり、お客さんが引けた後、特別に貸し切りにしてもらえたという。夜中のオデオンのこぢんまりとした映画館の前で、みんなでシャンパンを飲みながら新郎新婦が到着するのを今か今かと待っていると、ふたりはスキップしながらやってきた。暗がりの中、彼女のシンプルなウエディングドレスが白くはためく様は、何かのビデオクリップか、あるいは夢の中の出来事のようだった。友達のひとりが花屋でもらってきてくれたバラの花びらが、ふたりの頭上高く撒かれるのを見ながら、彼女の魅力はこの非現実的な感じなのだと、改めて思った。

結婚前に同棲していたアパートで「水がまったく出なくなっちゃったの」と、笑って報告してくれたときも、そして、彼とは旅行中のパリで出会ったため、それまで留学していたイタリアからパリに渡ったという行動力ある経緯も、彼女の口を通すと、至極当然のことのように思えるのだ。それでいて、目の前に起こる現象には、ひとつひとつ確実に対処している。彼女なら、決

して生活感を漂わせることなく、国際結婚という易しくはない道でも歩いていけるだろう。

彼のもとに飛び込んだ彼女の思いは疑う余地もないが、この日、印象的だったのは彼の本当に嬉しそうな表情だった。結婚という形式にあまりこだわらなくなって久しいパリでは、なかなか見られない光景である。「ありがとう」を何度も繰り返しながら、スクリーンの前で彼女の手を取って踊る姿には、会場のだれもが温かい気持ちになったと思う。

先日、弟さんの結婚式で写真を撮ったという、友人のカメラマンから手紙が届いた。「スタジオで弟夫婦（もうおなかが大きい）と両家の親がみんなで手を繋いで横一列に並んで笑っているいい写真が撮れました」と、いかにも彼の撮る写真らしい、その絵が浮かんだ途端、不意に涙が溢れてきた。結婚ってやっぱり本当にいいものなんだ。おなかが大きかろうがなんだろうが、近親者に祝福される結婚の前では、なんでもありなんだと思う。

10年の愛を貫いた弟とは対照的に、こと恋愛に関しては親を心配させてば

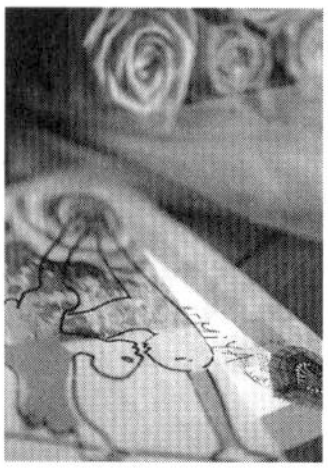

かりいる私である。家庭を築くことは、ふたりのかけがえのない大切な仕事だと思っている。そこに伴う苦労を共有したいパートナーを見る目には、自信を持っているのだが……。「塔子のパパを泣かしたら、私が許さないわよ」……これは、リカの口癖だ。

だれと結婚しようが面白いわけのない父は別として、「結婚はだれのためにするのでもない、ふたりのためにするものだから、親の体裁を考えた結婚式などやらなくていい。虚栄心のための式などもってのほか」と、昔から言っていた母とは、最近は考え方までそっくりになってきた。母にだけは心から笑ってもらえるような結婚を私もいつか、したいと思う。

懐中電灯片手に見つけた、小さな宝物

毎年9月の第1週の週末に、ヨーロッパ一大きい蚤の市が、パリからわずか1時間ほどの街、リールで開かれる。去年その存在を知ったときから、次は必ず行くと決めていた。といってもまったく大がかりではないところが恐ろしいのだが、それでもリール市街から半径40km内のホテルは1年前に予約しておかないと手遅れになるそうだ。何せ、イタリア、イギリス、オランダ、ベルギーなど、ヨーロッパ中の蚤の市ファンや専門業者がこのリール目ざして集結するのだから。

大切なことを言い忘れていた。リールの蚤の市の最大の特徴は〝48時間ぶっ通し〟ということだ。つまり、売るほうが徹夜なら、買うほうもしかり。が、売るほうは交替制でもできるが、こちらは体ひとつ。もちろん本人次第

なのでホテルで休んでいてもいっこうに構わないが、通常、蚤の市は早い者勝ちである。

パリの蚤の市でも、人が集まり始めるのは朝9時ごろなのに、プロは8時前には来ていて、業者が品物を並べていく脇から掘り出し物をゲットするのを知っているので気は抜けない。ましてやリールはほとんど街をあげてのお祭り状態（実際、マラソン大会やコンサートなど便乗したイベントも多々ある）。夜は決して眠らないのだ。

金曜日、私たちはすでにリール入り。パリのNORD駅の7番線ホームから15時28分発のTGV7053に乗り込み、およそ1時間後にはリールのFLANDRES駅に着いた。その日の夜中には蚤の市が始まるという噂を聞いたからだ。列車内の様子も気のせいか、いつものそれとは違っていた。一等車はいつもながらスーツを着たビジネスマンで埋まっているのだが、二等車はまだペチャンコのスポーツバッグやリュックを持った、一見バックパッカー風の人々で溢れていた。そういう私たちも例外ではなく、買い物に備えて予

備のバッグを用意していた。車内や駅に溢れるそれ風の人々にせかされるかのように、ホテルに荷物を置くととりあえず蚤の市の様子を探りに街に繰り出した。

そもそもこの蚤の市は中世から続いているそうで、当時、召使いたちが主人のいらなくなったものを売ってよいとされたことからが始まりだという。露店が軒を連ねている通りを記したリールの全地図はだれもが入手でき、散策しやすいようになっている。が、この日はあいにくの雨。客はおろか、業者の気配すらなく、結局、市が始まることはなかった。篠さんと私の組み合わせで晴れたためしがない。ついに雷まで鳴ったときには、お互いに言いたいことを痛いくらいに察しながらホテルに戻り、翌日に備えることにした。

翌日も相変わらずの空模様だったが、ホテルで待機する気分でもなく、街へ出ていく。かわいそうなのはマラソン大会に出場した人たち。私ならば、何が楽しくてこの雨の中を走るのだろうと思うところだ。でも、年に一度のお祭り気分ゆえか、高揚した顔で嬉しそうに走っている人がほとんどだった。

こちらもぼんやりとはしていられない。マラソンコースは店が出ている通りで行われ、ポツポツ出始めた品物に惹きつけられるように通りを横切ろうとすると、警備の人たちからものすごい勢いで笛を吹かれる。

店を出し始めた人たちはまだ素人さんばかり。というのは、リールの蚤の市の特徴は、パブリックが指定した地域でならば早い者勝ちで、だれもが売り手にまわれるのだ。これはパリでは考えられない光景である。しかも、身分証明書さえ携帯していれば、事前登録も必要なければ場所代も無料だという。

中には、きちんと畳まれた衣類を前に、家族全員が横一列に正座している、ちょっと異様な雰囲気が漂う露店もある。その思い詰めたようなただならぬ雰囲気にみな怖じけづくのか、品物が売れた形跡がまったくない。バンダナを巻いた5〜6歳の子供たちだけで開いている露店の前に来たとき、篠さんが足を止めた。あまりの可愛さに何か買ってあげられるものはないかと、品物を手に取る篠さんの一挙手一投足に、何か売れるのではと、期待と不安が入り交じった真剣な瞳を向ける子供たち。蚤の市に備えて、各自それぞれの

納戸や引き出しをくまなく探索したのだろう。おそらくまだ赤ちゃんだったころに遊んだであろう小さなおもちゃや、ちょっと傷んだ絵本など、なんだか切なくなるような品々が雑然と並ぶ。結局、篠さんはバンビ柄のプラスチックのお皿を選び出した。

「4F《フラン》です！」

と、元気よく答える女の子に黙って硬貨を渡す篠さん。私は彼女のさりげない、だれもができることではない本当の優しさの向け方が大好きだ。

そうした素人さんのお店を眺めながら、来年は売る側になってみたいものだと話し合った。パリで買ったはいいが、石畳の多い道では疲れてしまう華奢なヒールの靴や、どんどん溜まる食器類など、売れそうなものがけっこう家には転がっている。何を隠そう私は、靴と、食器を含む台所用品にめっぽう弱い。日本にいたころは、料理番組に携わっていたこともあり、知る人ぞ知る〝かっぱ橋〟（調理器具などの卸売り店街）界隈によく出没していた。渡仏したときにも、蒸籠に始まり太巻き用の巻き簾や、挙げ句の果てには（パ

リでも入手できるのに）20種類を超える調味料を持ち込み、笑われたものである。

そんなふうだから、台所用品を得意とする露店を目の端に捕らえると、条件反射でフラフラとそちらのほうに向かってしまう。数多くの露店を回るうちに、こうした習性は人それぞれ違うということがわかってきた。いや、習性は同じだが、各自惹かれるものや、弱いものが違うと言ったほうが正確だろうか。

「世の中、みんな喧嘩しないようにうまくできてるんだね」

20世紀初頭に使われていた鮮やかな花が描かれた陶器の箱を手にする人を見て、篠さんが言う。そういう篠さんは、彼女のコレクションでもある細い金のラインが入った小ぶりのグラスや幾何学模様ものに弱い。

アンティークの食器類は不衛生だとか、かつてだれかの持ち物だったものは想いがこもってそうで怖いという人もいる。しかし、私にはそうした概念は一切ないし、蚤の市好きの人は皆そうだと断言できる。さらに、アンティ

ークものが好きな者同士でも好みが分かれてしまうところが蚤の市の面白さだろう。

だが、好みが合ってしまったときが恐ろしい。今でもはっきりと覚えているが、5×10cmほどの長方形の磁器にハート、ダイヤ、スペード、クローバーの模様がひとつずつ浮き彫りになった、黄色が2枚、紫と茶色が1枚ずつで4枚揃いの灰皿を見つけたときだった。色のキッチュさといい、4枚並べたときの可愛さといい、10F×4枚という値段の手ごろさといい、何も迷う要素はなかったはずなのに、私が煙草を吸わないという事実がネックになっていた。それでも家に遊びに来る友達で吸う人は少なくない。ただ……すでに家に溢れる収納場所のない食器や雑貨類に思いを馳せながら、手にしてじっと眺めていた灰皿を一旦離して冷静になろうとしたそのときだった。ブロンズ色の肌をしたくわえ煙草のイタリア人風マダムが、あっさりとそれを取り上げ、購入してしまった。一般的に、外国人は日本人に比べてなかなか買わない。ただ見て回ることだけを楽しむ人が多い中、この出来事はショッキ

ングだった。

「あれはなかなかよくできてたよ」

物を見る目の厳しい篠さんまでもがこう言い出す始末で、しばらくの間ほかのことは考えられなかった。

蚤の市での店の人との駆け引きや決断は難しい。実際、値切るために(これは蚤の市ではあたりまえ)、その品への執着心を見せないよう、一度通り過ぎてみることが功を奏することもある。また、一旦その場を離れてみて、もう一度戻ってみると、もうそれほど惹きつけられないということもあるのだ。

素人さんや、アフリカやインドの民芸物店の多さに少し物足りなさを感じてきたころ、いかにも南仏の情緒漂うペパーミントグリーンのテーブルや椅子、戸棚など、大物を扱う露店に出くわした。店構えからしてほかの店とは一線を画すると思っていたら、店の人はやはりプロ中のプロ。そこで、彼らのようなプロ集団は、〝Boulevard J.B.Lebas〟というひとつの通りに集まっているという耳寄りな情報を教えてもらった。

その通りは本当に素晴らしかった。パリでもお目にかかれるものはもちろんあるが、値段が破格に安い。中には、繊細なグラス6個セットが6Fで売られているところもある。灰皿の反省もあって、ついついまたもや台所用品を購入してしまう。

一日中歩いたその日、夜中も2時ごろになってくると意識も朦朧《もうろう》としてくるらしい。

「店の人も疲れて、もう槍投げって感じですよね」

しどろもどろになりながらも……それでも懐中電灯を片手に品定めをする私。雨だろうが、朦朧としていようが、文句なく楽しい48時間ぶっ続けの蚤の市だった。

la deuxième année

2年目

いま想う「2年目の私」

激しく揺れる心の波

今振り返ってみても、この2年目ほど私の感情のなかでさまざまな波が立った年もない。

ふつう、留学(私の場合、くどく言わせてもらえば遊学だが……)は3年目ないし、4年目に第1次の帰国願望の波を迎えると言われている。生活するのにも必死だった時期は過ぎ、目に入ってくるものにも慣れてくる。悪く言えば新鮮味が薄れる。言葉も不自由は感じない程度になる一方で、それまでは気にも留めなかったフランス気質の嫌なところが鼻につき始めるのもこのころだ。登録している教育機関の期間が3、4年ということも大きいのかもしれないが、実際この時期に留学を切り上げて帰国してしまう人が少なくない。

私の場合、30歳直前という、決して早くはない留学に加え、3年後も白紙状態だ。帰りたいとは思わないまでも、2年目にして〝このままでいいのだろうか〟という漠然とした不安と絶えず背中合わせだったような気がする。体は正直なものだ。すぐにその不安が症状に表れてくる。心のほうはもっとタチが悪い。すき間を何かで満たしていたくて、いつもふらふらと彷徨っていた。

やはり私にとってはフランスがいちばん

早いもので、パリ生活も2年目を迎えてしまった。1年目と比べて何か著しい変化があったかと言われると、即答できるものは何もないような気がする。心情しかり、環境しかり、運がいいのか鈍いのか、フランス人の性格を愚痴る人が少なくない中、嫌な思いもあまりしたことはない。16区に居を構える知り合いの日本人4人中3人は盗難の被害にあっているというのに（しかも家の鍵を3つもかけていて）、16区でこそないけれど一応シックと言われる地区にいて、ひとつしか鍵をかけていないのに泥棒に入られたことはない。そればかりか、自分で財布を落としておいて、工事現場の心優しい労働者に拾われて、カードを含めてお金も全額戻ってきたという経験もあり、フランス人に〝奇跡〟と言われるほどの果報者だ。

心にすきだらけのそんな私を見かねてか、スペイン語なまりのフランス語を駆使する管理人のジャネットは、もう半分は親心で私に説教を続けている。「ドアを開けるときは名前を聞いてからにしなさい」「鍵はちゃんと3つ付いてるんだから全部かけなさい」ｅｔｃ.……。激しい剣幕でまくしたてるジャネットとは今までにもいろいろとあった。渡仏したばかりのころは、ジャネットのあまりにも舌を巻く発音がどうしてもフランス語には聞こえず（向こうにすれば私に言われたくはないだろうが）、何を言われてもポカンとしている私を見限って、私が部屋に友達を連れてくるたびにツカツカとやってきては、「フランス語はわかるか、わかるなら塔子に伝えてやってくれ」と、皆の肩を揺さぶっていた。

強烈なキャラクターだが、このアパートが安全に守られているのは彼女に依るところが大きい。先日も、階下のお兄ちゃんが友達を何人も呼んで夜通しＣＤをガンガンにかけて、恐らくドラッグもやっているのであろう雰囲気の中、アパート内に住んでいるわけではないのにどうやって嗅ぎつけたか、

彼女は深夜3時ごろにやってきて、大声で怒鳴りながら勇敢にもその部屋に乗り込んでいった。その後、ブーブーと言う声は聞こえたものの、皆おとなしく退散したらしく、そこから私の安眠も守られたのであった。

最近は彼女の発音にもようやく慣れてきた。一応はすべて理解できるようになった私を「やってきたときはひと言もわからなかったのに……」と目をしばたたかせて見上げる。そして、学校へ行く私の背中に「Ma chérie《愛しい子》」と呼びかけてくれたときは、振り返れないほど顔が歪んでしまった。

パリの四季をひと通り過ごして感じてきたことは確かに違っているかもしれない。これからやってくる冬は日本に比べて痛いほど冷たく（体が芯から冷えることもあって、何せ顔に当たる冷気を痛いと感じてしまう）、でも、それが冬のパリを本当に切なくて、澄んだように美しく見せる。そして、長い冬を過ごした故の春の陽射しの訪れのなんと嬉しいことか。夜8時でも夕方のような空色の下、テラスでアペリティフを飲む夏の夜の満ち足りた気分。この秋の発見は、朝7時から8時にかけてのセーヌ河の色がまったく違うと

いうことだった。朝は比較的暗い空の下、セピア色の街灯に照らされてコバルトブルーに光るセーヌが、街灯の消える8時ごろになると、いつもの穏やかな深い緑色に姿を変えるのである。そんなとき、同じことを思って見ているのだろう、川沿いの塀に座り込んで息を呑んでいる人を見かけると、だれかれかまわず話しかけたくなる。こうした数々の映像は、私のかけがえのない宝物だ。

「留学はわかるけど、なぜフランスなの？」

渡仏前によく聞かれた質問だった。確かに、美術の勉強なら、最先端のN.Y.がいいかもしれないし、元気なロンドンも考えられた。しかも英文科だった私にとっては、英語圏内のほうがいくぶん道も易しいような気もした。それでも、なぜか行きたいのはフランスだった。いや、フランスだから留学を決めたと言ったほうが正しいだろう。

「好きなものを辿っていくと、皆フランスに行き着くから」と、漠然と答えていたが、それは今や確信としてもっている。

自分で客観的に見ても、私は、フランスに長く憧れていたほかの日本人のファッションや暮らし方とは、ちょっと違う気がする。小花模様や懐かしい柄のワンピースや、タートルネック1枚きりのシンプルな着こなしがそう似合うとは思えない。髪が多いから、ヘアピンひとつで無造作に髪をまとめることもできない。それでも、食事の後はクラブに行ったりと店を変えるよりは、ひとつのレストランや家で4時間は自然に経ってしまうという、そのまったりとした夜の過ごし方や、メトロの構内に貼られた紙に書かれた詩の美しさや、Brebisという羊のチーズと南仏にしかない黒さくらんぼのジャムの組み合わせの絶妙なことなど……日常に転がっている感動の芽は多い。

2年目に入ってほかの国にも足を運ぶことの多くなった今、やはり私にとってはフランスがいちばんだなと、実感として胸に迫ってくる。飛行機から降りて、眼下に見慣れた街の風景が広がるころには、ホッとした気持ちになってしまうのだ。これからどう進んでいくのだろう。ひとつだけはっきりしていることは、フランスに惹きつけられれば惹きつけられるほど、日本への

思慕も強くなるということである。

こうしてカフェで原稿を書いている今も、「日本語はなんて美しいのだ」と、向かいに座ったフランス人が感動している。本当にそう思う。言葉への執着には、共通するものを感じるのだ。討論好きで、思ったことを口にしなければ伝わるわけがないと思っているこちらの人たちに、そうではない気持ちの伝え方の素晴らしさを、少しでもわかってもらえるようにしたい。そこに私のできることはないのかと考えている。フランスを愛しながらも染まりすぎることなく、日本人としての自分を堅持する究極の中庸を、2年目は少しでも目ざせればいいのだが……。

パリのわが家の〝チューボーですよ!〟

食べ物をより美味しく感じる時期になった。とはいえ、春夏秋冬、食欲旺盛な私のこと、年中〝食〟への探求心は変わらないまでも、マルシェの露店に並んだこの時期にしかない食材を見ると、つい手が伸びてしまう。それを買い、で、調理法を失敗する。こうした悲劇を何度繰り返したことだろう。春先に出回るアスパラガスは茎が細くてほとんど穂先だけである。その繊細さゆえにサッとお湯にくぐらせる程度で十分なのに、茎の太いほうから熱湯につけていくというもの習慣からか、つい煮すぎてしまった。いちばん泣けたのはセップ(イタリアでいうポルチーニ)。日本の松茸と並び、キノコの王様と称されるセップをドキドキしながら買い込んで、今夜は雑誌で見たセップのリゾットでもつくりましょうと、気分はすっかりシロガネーゼの

ヤング(?・)ミセスで帰路につく。なのに、台所が電気コンロのせいで、お米がやわらかくなるのにやたらと時間がかかり、その間にどんどん水分が飛び、ついでにセップの香りも味も飛んでしまったのだった。ただ単に、オリーブオイルで炒めただけのほうがどんなに美味しかったことか……。かかったコストを考えると、コンロのせいにしかできず、その後、このリゾットには再挑戦していない。

そんな私を慰めてくれたのは、ゆう子だ。彼女もパリに来た当初、セップの価格を知らずして、それでも鼻の利く彼女はその高級キノコを大量に抱えてレジに並び、想像を絶する値段を告げられたものの、後にひけなくなってそのまま買ってしまったという。それらのキノコで中華丼をつくろうとしょう油の味付けを試みたところ、でき上がったものはとんでもない代物だったというのだ。

いまだにセップは私たちにとって謎めいた存在である。これは最近発見したことだが、炒め上がった熱々のセップより、少し冷めてからのほうがより

香り高く美味しい（これは、みんなの遠慮の固まりで手付かずになっていたセップを私がパクッとやったことから判明したことだ）。

この時期必ず2回は食べに行くイタリアンレストランがある。イタリアンではほとんど当たったためしのないパリにおいても、ここのセップのタリオリーニは絶品で、前回行ったときは早すぎてまだ入荷前だった。店員さんの口からその事実を知らされたときは、思わずそのままカルトを閉じて退店したくなったほどだった。

とにかく秋のキノコの種類には目を見張るものがある。セップの失敗以来、あまり冒険はしない私だが、モリーユとジロールはよく買う。日本でもお馴染みかもしれないが、網目模様の笠をもつ食感のなんとも言えないモリーユ。これと、日本の地鶏クラスの美味しさのPoulet rôti（ローストチキン）との組み合わせは絶品で、クリームソース嫌いだった私の嗜好すら変えさせたほどだ。あとで聞いたところによれば、モリーユはクリームなどの脂肪分を含ませると一段と美味しくなるそうだ。

ジロールを使った手軽で美味しいスープを教えてくれたのはカメラマンの篠さんである。私は日本にいたころから、某高級スーパーで冷凍モノの直輸入のうずら（そういえばこの時期、うずらやガチョウ、キジや鹿といったジビエ類も数多くお目見えする）を買ってしまうほど、応用が利かないタイプだ。それに比べて、篠さんは手軽に手に入る旬のものを使って、素敵な発想で次から次へと美味しいものをつくってしまう。料理にもセンスのあるなしは顕著に表れる。このことは、渡仏以来、体を張ってフレンチを食べ歩くことにより、より明確になってきた。

篠さんの料理のいいところは、美味しいだけでなく手軽なところだ。私の場合『チューボーですよ！』という料理番組の呪縛もあり、スープといえばスープストックからつくらなきゃとか、ミキサーにかけて2回は漉《こ》さなきゃなどと、ついつい力んでしまうのだが、篠さんのジロールのスープはそんな手間は一切かからない。

エシャロットと隠し味程度のニンニクをみじん切りにしてオリーブオイル

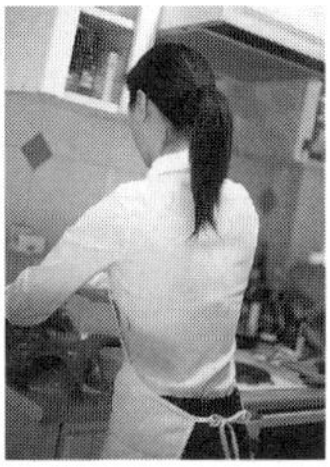

で炒め（フランス料理にありがちなバターの多用を避けるところも篠さんの味覚と合うところだ）、そこに丸麦を少々加えるところが篠流。私ならここでミキサーの必要性を感じてしまうところだが、歯ざわりを残すためにあえてそのままにするという（ちなみに丸麦の量を増やせばリゾットになる）。丸麦につやが出てきたら、ジロールを軽く炒め、水と野菜ブイヨンを足す。味が物足りなければチキンブイヨンを足してもいい。

フランスの強みは、市販のブイヨンがかなり高品質な点で、スープストックがなくても十分コクの効いたスープに仕上がる。気をつける点は、沸騰させないことと、まめにアクを取ること。あとは見た目の美しさのために、キノコの汚れは最初に乾いた布巾で丁寧に取り除いておくことだろうか（水で洗う場合は酢を足すとよい）。

失敗知らずのこのスープのほかに、ホームパーティで役立つのは〝牛肉サラダ〟。やっぱり肉がないと落ち着かない、というフランス人を黙らせるにはもってこいのメニューだ。厚切りの牛肉をソテーし、しょう油を加えて和

風の味付けにする。その肉汁の滴る熱々の肉を、山盛りにしたクレソン（贅沢に葉の部分のみ）と、別にソテーしたキノコの上に切ってのせれば、十分にボリュームの利いたひと皿になる。1枚の肉で3～4人分になるが、ポイントは肉の厚みをケチらないことだ。

何かひとつのものに惹かれると（これは人でも）、とことんそればかりになる習性上、もっかの悩みは、かなりハイファットなショコラショー（ホットショコラ）に凝っていることだ。パリの冬は寒いということと、日本とは比べものにならないほどのチョコの質の高さに、このままいくと嫌になるまで飲み続けなければならないかもしれない。行きつけのカフェでは、私の顔を見るともうショコラショーが出てくる。また、カフェによって味が全然違うのでいろいろ飲んでみずにはいられない。ショコラを飲み続けて早3か月。まだ、嫌いになる兆しはない。

これが、習うということなのか

絵を描くということがどういうことなのか、かつて考えてみたことがなかった。生涯のうち、たまたま絵を描く環境にあった人と、なかった人、それが一時的なものだった人と、それから描き続けた人と、人によってさまざまである。

私の場合は、強いていえば、両親にある意味ではフランス人的なところがあって、大人の世界に子供が入ることを固く禁じていたことが、絵を描く環境をつくった一因になっているように思う。

両親の友人やお客様などが来て談笑しているとき、会話を遮るようなことを言ったりするのは許されなかったし（これはあたりまえのことかもしれないが）、家族旅行で京都に行ったときでも、私と弟が寝静まってからふたり

で外出していたのを知っている。

また、軽井沢でふたりがテニスをしているとき、私たち姉弟は雄大な自然でも描いていろと言わんばかりにスケッチブックを持たされて、コート内でちょろちょろするのを拒まれたほどだ。今から思えば、両親は画板ごと東京から持ち込んでいて、かなり計画的だったことが判明する。

それでも私たちはそういうものかと素直に納得し、写生をしていた。もちろんほとんどの時間を親と共有していたからこそ、姉弟ふたりだけで絵を描いていても楽しかったのだと思うが、どうやら絵を描くことは嫌いではなかったらしく、集中力も続き、飽きたと言って親を困らせることもなかったように思う。

学校へ上がってからも、好きな授業は図画工作だった。というよりは、唯一成績がよかったのが図画と体育というお粗末な感じだったのだが……。

美術関係の学校へ進もうと思うほどの情熱も才能もなかったが、絵はふらっと描いていたいという気持ちはあって、旅行中、機会があったら描こうと

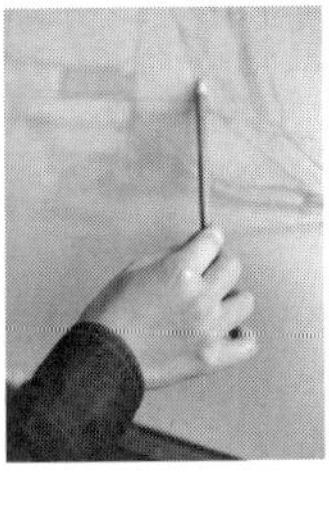

小さなスケッチブックを持ち歩いたこともあった。

親友のリカとイタリアへ行ったとき、到着した日のお昼にピザを1枚ペロリと平らげた後、時差ボケも手伝って、彼女はホテルで少し休みたいと言い、そのまま延々と寝入ってしまった。遊ぶ気満々だった私は、ひとり寂しくスケッチブック片手に街に出ていった記憶がある。

退社が決まり、同期が集まってくれたとき、「そんなに美術が好きとは知らなかった」（私もだが……）と言いながら、ゴージャスな水彩画セットを贈ってくれた。あの感激は忘れない。が、それがここにきて宝の持ち腐れになりつつある。渡仏したばかりのころは毎夜襲ってくる寂しさに、夜は絵ばかり描いていた時期もあったが（リカに言わせると、私は根暗らしい）、パリというところは心捕らえる情景が日常に同化しているので、旅行したときの〝残しておきたい〟といった感情になりづらい気がする。

マレ地区にある隠れ家的な雰囲気のカフェの中庭に、無造作に投げ込まれた自転車。通りがかった花屋さんのショーウインドーの向こうから、まるで

置物のようにじっと動かずにこちらを見ている犬。そのものの甘さが見ているだけでも伝わってくる、ほどよい固さに茹でられた人参だけの芸術のひと皿。

それでも、もっと習慣的に絵を描く環境に身を置きたいと、以前、パリ市が主催する絵画教室に登録しようと試みたのだが、それを果たせなかった。パリは、カルチャーセンター的なものも含めて絵画教室などの施設は日本よりかなり充実している。しかし、この市営の教室は、年会費の安さに加えて先生の教え方や質の高さが好評で、毎回、応募の早い者順で席が埋まってしまうのだ。

以前は公募日から5日目くらいに申し込み用紙を投函したにもかかわらず、間に合わなかった。その苦い教訓から、今回は公募当日、かなり激しい雨の中を市役所が開く30分前からできていた行列に加わり、申し込み用紙をもらった。ルーブル内のポストがいちばん回収が早いという情報まで飛び交う、一刻の猶予も許されない状況の中、なんとか1時間以内に投函することがで

きた。

やっとの思いで登録にこぎつけた教室ではあったが、そこの様子は想像とはだいぶ違っていた。よくルーブルの床に座り込んで模写する子供たちや、カフェで一心不乱に通行人のイラストを描く人を見かけるが、そうした〝好きだから描いてます〟的なものとは違って、かなりアカデミックなのだ。

水色のギンガムチェックのシャツにはき古したジーンズの、格好こそラフで可愛い初老の先生が、測り棒を使っての寸法の取り方にやたら厳しかったりする。また、せっかく描きあげた絵の上に、先生の視覚的に正しいラインを容赦なく重ねられてしまうのである。

これが習うということなのかと、今ごろになって痛感している。デッサンだけなら年間860F《フラン》、本格的に習いたい人も年会費のわりには満足できる内容なのだろう。

しかも、みんな雨の中に並んだ人たちばかりで、その熱意もすごい。また、ルーブル内の美術史の授業に参加する人にも言えることであるが、年輩の方

やマダムが圧倒的に多い。時間的に余裕ができ、その余暇をこうしたことに充てることに無上の喜びを感じるらしい。ジムのサウナでオイルのブランド情報を交換し合ったり、人の噂話に終始する、いかにも的な面もあるが、向上心に溢れ、それを実際に行動に移すたくましさには感心してしまう。

先日、帰国していたカメラマンの篠さんと、〝東京とN.Y.は、忙しくしていないと自分が辛くなる街かもしれない〟という話になった。実際、私のまわりにも、3日間休むともう仕事をしたくなるという人が少なくなかった。

怠惰な私としては休みが多いに越したことはなかったが、ここパリに来てからはそれに拍車がかかった。生きる上で仕事が大事なことは確かだけれど、何より、その人の魅力が、仕事を抜きにしたところで測られることに、ヨーロッパの歴史の厚みを感じる。人生の本流ではなく、支流の部分に幅を広げる。そういったことになんの焦りも感じさせないこの国の魅力は、まだまだ尽きることがない。

まだ医療専門用語には怖じけづく

先日、知人からＦＡＸが届いた。妹さんがフランス留学を希望しているという話は以前から聞いていたのだが、渡仏日を間近に控え、聞いておきたい事柄を妹さんがまとめたので目を通してほしいというものだった。

春――。この時期は留学生がとても多い。かくいう私も、春にパリにやって来た。初めての異国暮らしを始めるにあたって、フランスを知る人からは、寒くて暗くて長い冬は避けたほうがいいとことごとく言われた。来た当初に味わうホームシックが輪をかけて辛くなるからと。私の場合、すぐにでも渡仏したいところを仕事柄そうもいかなくて、季節を選ぶ余裕などはなかったのだが、結果的には春に渡仏してとてもよかったと思っている。

それにしても懐かしい。この本の冒頭にも書いたが、滞在許可証を取得す

るため受けなければならない恐怖の健康診断から、もう2年が経とうとしているのだ。彼女もあの健康診断を受けることになるのだろう。あの屈辱と驚きの連続は留学生の関門だと勝手に思っている私としては、意地悪くも思わず口元が緩んでしまうのを抑えられない。が、彼女の質問事項にも挙げられていたように、病院や医療保険のことは留学生にとって心配なことのひとつのようだ。

私も例外なく、渡仏前に海外居住者用の医療保険に加入してきたのだが、幸いにも病に倒れたことはなく、切羽詰まって病院に駆け込んだ経験はない。中には、精神的なストレスや急変した環境下で、体中にじんましんが出て、渡仏早々、あるいはちょうど体が慣れてくる約1年後に病院に行く羽目になる人も少なくないようだが、まだそんな気配もない。あ、エジプトで受けたオイルマッサージの影響で、帰国後、発疹が出たっけ。でも、あれは家の万能薬で治してしまった。私は基本的に病院はあまり好きではないので、持参した薬でなんとかなるならなんとかしてしまうクチだ。

そんな私でも行く気になったのが、その名もドクター・ブリオ。皮膚科の先生であるが、奥様が日本人なので日本語がペラペラなのだと、親友のゆう子に聞いたのである。診断書には〝湿布を貼付すること〟とあるほど漢字使いも相当なものらしい。

保険も利くし、ちょっとした肌荒れならすぐに治してくれるので、エステ感覚で行っているという彼女の言葉に押され、バランスの取れない食生活で荒れがちだった肌を診てもらいに行ったのだった。先生は、私の名前の由来に興味をもたれるほど、噂以上の日本通だった。丁寧な日本語で親切に説明してくれる先生なので、私が自信をもって日本人留学生にお勧めできる人である。ただ、治療のほうは私も1回しかお世話になっていないのでなんとも言えないが……。

もうひとり、またもや健康には人一倍関心をもつゆう子のお気に入りの、とある日本人医師に興味をもっている。が、幸か不幸か、まだお目にかかったことがない。風邪でも往診してくれるというその日本人医師の十八番はお

尻への注射らしい。ゆう子曰く、あまりの痛みのなさにいつ注射が終わったのかがわからず、ついついお尻をさらしっぱなしにしてしまうという。どんな症状でも注射とはちょっと不思議だが、即効性があるし、余計にかかる往診代などの費用も保険が利くのが魅力だという。

保険が利くといえば、いちばん驚いたのが日本人留学生で知らない者はいない〝アメリカン・ホスピタル〟だろう。その名の通りアメリカ人経営者なので、英語が通じるし、日本人医師も常時数名待機しているため、日本人留学生にとっては心強い存在だ。しかも、本当に具合が悪くてタクシーを飛ばしても、そのタクシー代が戻ってくるというのだ。パリの中心からちょっと離れたところにあるのでこれは大きい。ただ、保険の払い戻し方法は少し面倒臭い。日本の会社にいたころから領収書を出し忘れ、しばしば自腹をきっていた私のような者にはあまり向かないかもしれない。

皮膚科のほかに経験があるのは、前にも書いた産婦人科。年も年だし、フランス人のドラという友人が付き添ってくれるというのでゆう子と共に受け

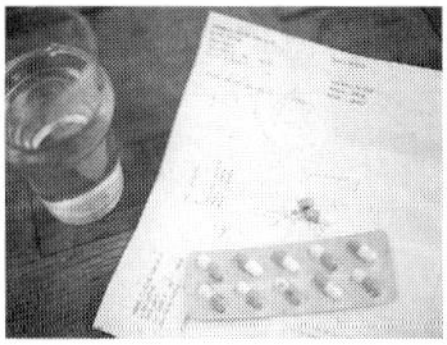

た検診だったが、実際にドラが傍らにいてくれなかったら、先生（女医さん）と筆談する羽目になっていたかもしれない。しかも辞書持参で……。この辞書というのも曲者で、普通の辞書にはまず専門用語の詳しい説明は出ていない。

　また、血液検査も受けたが（血液検査は臨床検査所という別の場所で受ける）、その結果、私はほぼノーマルと出ていたけれど、コレステロール値は平均以上で再検査の必要があるとあった。「日本人のくせにチーズの食べすぎ？」と反省し、頭の片隅にいつも再検査の3文字を抱えながら見送る日々……。先日帰国時に日本で調べた結果、良性のコレステロールだった。要再検査と出たもののフランスで再び病院に行けなかったのは、言葉の壁があったことは否めない。医療における専門用語に怖じけづかなくなったら、本当にパリジェンヌになれるのかもしれない。

　先日、スポーツジムのサウナでの会話で整形手術の話が出た。胸の手術を受けたという女性が、もっと以前にそれを経験した人に、自分の乳房を見せ

て説明を仰ぐ場面に遭遇したのだ。胸の整形手術は決して少なくないようだ。しかも豊胸ではなく、あえてこぢんまりさせる手術が主流というのだから、私には理解を超えた世界である。

その日の主人公は、いつもゴージャスなアクセサリーを身につけたままサウナに入ってくるマダムで、どうやら胸を持ち上げる手術を受けたようだった。まわりの驚嘆の声に、後ろの席で横たわっていた私も思わず身を起こしたのだが、彼女は私に背を向けていて見えない。それを目にするまでは帰れないとばかりに、サウナから出たとき、そのマダムの後ろから回り込んでやっと見たものの、彼女の以前の形を覚えておらず、違いがよくわからなかった。ただ、そんなにわざとらしいものではなかったのは確かである。

先日、顔にメスを入れる整形手術をつぶさに伝えるドキュメンタリー番組が放映された。リポーターの女性が失神（！）したほどの映像を平然と流してしまうところも、フランスという国の不可解にしてすごいところだ。

サーカスの魅力は哀愁だけではない

　このエッセイが縁でもう2年近くのつき合いになるカメラマンの篠さんが、ある日、撮り溜めていた自身の作品をハガキに仕立てたものを私にくれた。3枚のハガキはどれも篠さんらしい世界が広がっていたが、その中でも特に、背を向けて空中ブランコに揺られている少女が写った1枚のハガキに強く心を惹きつけられた。篠さんが追っている小さな移動サーカスでの一場面だった。テント小屋の中で撮ったはずなのに、篠さんのそれはまるで夜空にかかったブランコのように、少女はたくさんの星に抱かれているかのように思えた。この不思議な印象はなんだろう……。そのときからだろうか、いつかはこのサーカスを観てみたいと思うようになった。

　私にとってサーカスというものは、触れる機会が少なくなかったわりには、

どちらかというと距離があるものだった。幼いころには、近所に住む子供たちみんなを連れていくという親たちの企画した一大イベントもあったし、成人してからも〝サルティンバンコ〟を観に行ったりした。テレビ局に入社して動物番組を担当し、動物の織り成すさまざまなドラマを目のあたりにしていたということもあって、人工的な動物の芸にはまったく興味がなかった。そういう意味では、動物たちはまったく出てこず、人間の技の極みを見せてくれる〝サルティンバンコ〟は完璧なエンターテインメントとして素晴らしいと思ったが、それだけだった。完璧なだけに、その世界も完結していた。それに気づいたのは、今回、ついに篠さんの撮っているサーカスを観る機会に恵まれたからだ。〝Chanzy〟通りから入った空き地のようなところにサーカスのワゴン車3台が並び、その奥にこぢんまりとした青いテントが佇んでいた。週末の夜のほかに日曜日は昼間も興行する。昼間のせいだろうか、子供連れの家族が主な客層だった。フランスに来て以来、篠さん以外からサーカスについて耳にすることはなかったが、フランス人は幼いころはわりと行くもの

らしい。親が何も言わないで遠出するので、てっきりサーカスに行くものと思っていたら、着いたところは病院で、騒ぐまもなく扁桃腺《へんとうせん》の手術を受ける羽目になったというエッセイがあったり、ポール・セローの短編には、サーカスのチケットを購入した父親が「今日一日、君たちが行儀よくしていたら、明日は君たちがびっくりすることが起こるかもしれないよ」と、子供たちに言うシーンがあるように、子供たちにとってはちょっとだけいつもよりも特別な週末、といった位置付けのようである。

テント小屋の入り口をくぐると、不思議な光景が展開していた。すでに、敷かれたマットの上で、サーカスに出演する少女たちが柔軟体操をしていた。開演前のもったいつけた演出はまったくない。彼女たちが姿を消したと思ったら、おもむろにステージが始まる。団長率いる楽団（といっても3人）が民族音楽を奏でる中、出演者一同が手を繋いで挨拶をする。とても可愛らしい光景だった。最年少の3歳くらいの女の子が泣き笑いのような表情を浮かべている。団長はブーブリヨンという有名なサーカスの一族の子孫で、この

少女は彼の娘だという。

　この家族を中心に巡業に来た人たちなど、年齢層3〜50歳の総勢10名くらいの出演者が次々と芸を披露するのだ。『恋のゆくえ　ファビュラス・ベイカー・ボーイズ』でのミシェル・ファイファーのような妖艶な眼差しで技以上の表現力を見せてくれた女性、ちょっと危なっかしいコミカルなキャラクターのジャグラーの女の子（篠さん曰く、それでも3年前よりははるかに上達したらしい）、3歳くらいの少女のブランコ芸、それこそ〝サルティンバンコ〟にもそのまま出演できそうな、上半身裸で、腕一本で綱を登っていく男性。絞りすぎない女性の体がこれだけ色気があるものなのだということを痛感させられた、赤いレオタードの女性の芸ｅｔｃ．……。それぞれに魅力的なのだが、中でも惚れてしまったのが、10歳くらいの少年の芸だった。

　自分より少し年上で、体も大きい女の子とペアの空中ブランコ。つくられた笑顔ではない、心の美しさがそのまま表れたような笑顔を持つ少年が、そのときばかりは、隣で揺れている女の子と息を合わせようとし、真剣に彼女

の演技を見つめている。女の子の年齢不詳の巧妙な演技に「私のお姉ちゃんよ！」と、口からでまかせを言っている客席の少女の声を聞きながら、私はというと、本気でブランコの上の少女に成りかわりたいと思っていた。

10人が10人、いくつかの芸を披露した後、再び民族音楽を楽団が奏でて幕は降りた。動物も出なければ、華やかな舞台装置もひとつもない。それでも心に残ったものは、今までていちばん深かった。ピカソの薔薇色の時代の作品『サルタンバンクの一家』、夢の終わりを描く画家と言われるヴァトーの『ジル』。それぞれ哀愁を帯びた色調が共通しているが、このサーカスの魅力は哀愁だけではなかった。やたらとメランコリーを気取るフランス人気質に少々食傷ぎみであったのも確かだが、出演者それぞれの抱える人生に思わず立ち入りたくなる何か、完結しなくて、じゃあ夢の終わった後はどうするのかを悲観ではなく考えさせられる何かが、ここには存在している。サーカスとはきっと本来そういうものなのだろうと思う。篠さんからもらったあのハガキには、確かにそれが写っていた。

ポンピドゥーの、幸せな場所

ポンピドゥー・センター。数あるパリの美術館の中でも足を運ぶのが遅れぎみになったのは、大規模な改修工事中だったという理由だけではない。当初はルーブル、オルセーを中心に学校の授業が行われていたことと、フランス史に名を馳せた人の名前が付いた施設にはろくなものがないという私の偏見からだった（実際、特にホテルは首をかしげるところが多い。内装の趣味がひどかったり、高いうえに朝食が別料金だったりする）。それから、あの外観がいけない。カラフルなパイプが露出した外壁とガラス面で構成された特異な外観は、旧市場の古い街並みの中でいささか突飛な感じがするのだ。フランスへ来た当初は、建物ごと重厚な歴史のオーラを放つルーブル宮や、元は国鉄の駅だったオルセーに浸りたいと焦っていたが、パリの生活に馴染

むにつれ、ポンピドゥーほどパリの人たちの生活に密着したところはないのではないかと思うようになった。

正式名称は、ジョルジュ・ポンピドゥー国立文化センター。美術館ではなくセンターということからもわかるように、5、6階（フランス語では4、5階）部分を占める世界最大級の近代美術館のほか、新聞や雑誌の閲覧室、現代音楽研究所、図書館などが入っている。私はカフェ派なので、学校の宿題や調べものにここを利用することはないが、ポンピドゥーから歩いて5分くらいのところに住んでいる友人、ゆう子は、この図書館によく通っているようだ。たまに日本の新聞を読みに行くらしく、貴重な情報を教えてくれる。

私のお気に入りはグッズショップだ。グッズショップというとエッフェル塔や三色旗が頭をよぎるが、ここはあなどれない。宇宙人の形をしたパスタなど、美術品とはまったく無関係な逸品がある（ちなみに図書館やグッズショップへの入場は無料）。

最近は、ルーブルでの美術史の授業がようやくコンテンポラリーに入って

きたので、授業の一環としてポンピドゥーに行くことも多くなった。夕方、アーチ形の枠に支えられたガラス管の中に収納された大エスカレーターで美術館を目ざすと、勉強に疲れた学生たちが中階のテラスに気分転換に出ている姿が見える。私もかつては試験勉強をするのに図書館へ通ったが、日本でのあのころを思い出すノスタルジックな一瞬である。

センター内の仕組みをすべて理解しているわけではない。が、ふつうには立ち入れない小部屋に、授業の一環で入って、ポンピドゥー所蔵の非公開の画家の素描を見たときには手が震えた。そう、ひとりひとり手にとって見ることができたのだ。

美術館へ行くと必ずチェックするところがある。それはカフェである。カフェのない美術館もあるけれど、カフェほどその美術館の特徴を反映するものはないと思う。ルーブルの場合、気取ったカフェ・マルリーも捨てがたいが、授業の合間をつぶすには、各国料理のスタンドが並ぶセルフサービスのカフェ・レストランは長居もできるのでよく利用する。そこは観光客も多い

のか、英語やスペイン語も飛び交っている。ジャックマール・アンドレ美術館の本物の調度品に囲まれたゴージャスな雰囲気のカフェもたまにはいいものだ。

さて、ポンピドゥーはというと、前述した図書館から流れてくる人も多いメザニンのカフェと、エスカレーターを登りきった最上階にあるレストラン、ジョルジュだ。ここまで大統領の名を付けなくても……と思ってしまうが、モンマルトルの丘が本当に小高いということを実感し、陽に照らし出されたサクレ・クール寺院を眺めながら軽食をとるとすごく贅沢な気分になれる。ホテル・コストの系列とあって、改修直後は予約もなかなか取れなかったのだが、今は落ち着いてきた。料理は特別美味しいわけではないが、〝抹茶のクリーム・ブリュレ〟は試してみる価値はある。

5、6階を占める国立近代美術館は毎年数回かけ替えがあるが、5階で迎えてくれるウォーホルの『エリザベス・テーラー』は変わらないままである。ロンドンはテートギャラリーの『毛沢東』、N.Y.はMOMAの『ゴールド・

マリリン・モンロー』と、鮮烈な蛍光の色使いが特徴のウォーホルも、パリではモノクロのエリザベス・テーラーというところが、らしい気がする。

6階は、20世紀初頭から現代に至るまでの絵画、彫刻、ポップアート、写真など、幅広いジャンルを展示している。フォーヴィスム、キュービスム、抽象、具象、シュールレアリスムと美術の流れを辿れる魅力はもちろん、私が気に入っているのは、アメリカはポップアートのカラー・フィールド・ペインティングが並ぶ辺りだ。壁一面の大作、フランシスの『IN LOVELY BLUENESS』は、淡いブルーを基調としたほのぼのとした作品で、眺めていると幸せな気分になれる。そして、広い空間の真ん中には長椅子が置いてあるので、長い間、ここで作品を眺めていられる。

ポンピドゥーをピアノとロジェが建築施工した際、運用に必要な配管などをすべて意図的に外に剝き出しにしたのは、決して奇をてらっただけではない。そうすることで7500㎡もの平らなスペースを得て、こうした大作の展示に大きく貢献している。

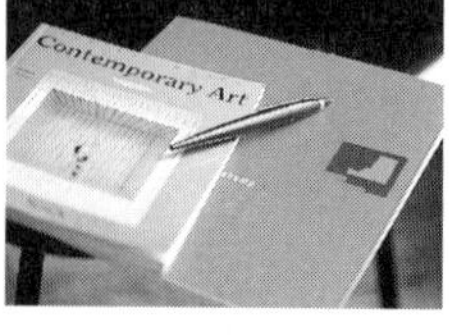

ポンピドゥーのもうひとつの魅力は、21時まで開いているということ。これはおそらくパリでも最も遅い閉館時間だろう。19時を過ぎるとめっきり人影もまばらになり、夜の帳が降りてくるのをガラス越しに眺めながら、このフランシスの作品の前で待ち合わせをするというのは、日曜の朝、恋人にクロワッサンとカフェオレをベッドに運んでもらうことと同じくらいやってみたいことのひとつである。

広い空間の向こう、ちょうどマチスの『背面の裸体像』連作の辺りから待ち人が姿を現す。夜の空気をそのまま運んできながら、その人は『幸福の条件』のラストシーンよろしく、長椅子に座った私と背中合わせに腰をおろす。それからとりとめのない会話が始まる……そんな日常生活と芸術とが相重なる光景を生み出すポンピドゥーの許容量の大きさは計り知れない。

私が、本当に間抜けなのは認める

21世紀。エッフェル塔のライティングはゴージャスみを増し、セレモニーも盛りだくさんだというのに、私は年明け早々からついていないことだらけだった。

正月を過ごした実家での日本米の美味しさが忘れられず、母に送ってもらったお米。農家の方が自宅用に取っておくものを特別に分けていただいたものので、新米の時期、このお米を巡ってわが家では、壮絶な争いが繰り広げられる。お米をフランスに送ることは禁じられているので、母が〝菓子〟と記したバチが当たったのか。お米と私の大好物のゴマせんべいがてんこ盛りに詰まった段ボール箱は、母が送った日から2週間近く経っても届かなかった。

確かに一回、荷物が着いているから電話をするようにと、留守番電話に電

話番号が吹き込まれていた。その番号を控えたメモをなくした私は、本当に間抜けなのは認める。再び連絡を待つこと1週間、なんの音沙汰もないのに業を煮やして、飛び込んだ郵便局でもそのことはさんざん謝った。でも局員は荷物番号がわからないならどうしようもないの一点張りで、探してくれようともしないのだ。

着いた荷物は1か月以上経つと、そのまま日本に送り返されることもあると耳にした私は、お米とおせんべいへの執着心で、その荷物がクロノポストという、パリではない郊外の支局にあることをなんとか突き止めた。郵便局の中でも、ある程度の重量を超すと、窓口はそちらになるのだ。また母の手を煩わせて、荷物を出した日本の支局に荷物番号を聞いてもらった。日本では郵便局間の連絡はたやすいのに、どうしてフランスはそうでないのだろう?

この件で私は、重い腰のフランス人を動かすには〝C'est normal ?〟(それって普通?〈ちょっと超訳〉)と強めに言うのが効果的なことを学んだ。

荷物はその後、手にできたが、それ以来、日本から何かを送ろうかと言われ

ても断り続けている。

こうした事務手続きの面倒臭さは今に始まったことではない。半年前に払ったはずの住民税が、大幅に割増しになって再請求されたのは記憶に新しい。どうやら住んでいる地区の支局に払い込まねばならぬところを本局に送ったため、これまた支局と本局の連絡麻痺によって、私の払った記録は消滅してしまったらしい。その後、説明した手紙を送ったのにもかかわらず、再び請求額が上がっているので（なぜかこういった請求はすぐ来る）、ついに支局に直接足を運ぶことを決意したのだった。あの請求書の金額が上がっていく恐ろしさは、レンタルビデオの返却期日を忘れていたそれとの比ではない。

そして、新たな不幸が……。あれは久しぶりにカメラマンの篠さんとレストランでランチしたときだ。昼から食前酒のシャンパンにワイン、食後酒も2種類ほど飲んでしまい、飲みすぎというのも確かだった。でも体の不調は尋常ではなく、食後、店を変えてお茶をしていたらぞくぞくと気持ちが悪くなり、篠さんを残してトイレにこもること小一時間。汚くて申し訳ないのだ

が、吐き気が止まらなくなったのだ。

「塔子ちゃん、大丈夫？」

心配して様子を見にきた篠さんに、

「ごめんなさい、ちょっと気持ちが……。グェー」

「こりゃ本物だ」

あのコスト兄弟が手がけた小洒落た〝ラヴェニュ〟で本当によかった。人にはかなり迷惑をかけたが、トイレも清潔なので落ち着いて長居できたのだ。1時間後、ふらふらした足取りでカフェの階段を下りると、窓際の席で篠さんがすっかり夕暮れになった空を眺めていた。

あの切なさは忘れない。私に気を遣わせまいと、トイレのドアの前にいるでもなく、かといって先に帰ることもなく、席を温めていてくれたのだった。それなのに……。私の不幸は終わっていなかった。

タイミングよく目の前に現れたタクシーのシートに倒れるように身を沈めたものの、渋滞の中、１m進んでは止まるその小刻みな振動に、私はまた気

分が悪くなったのだ。大きく上下する私の肩をバックミラー越しに見た運転手は、本当に心配そうに「大丈夫か」と繰り返した。このままだと『フランスの女』で、ガブリエル・バリッツリが、産気づいたエマニュエル・ベアールに手を差し出すあの場面が再現されかねない勢いだった。

が、それも私が車内でついに耐え切れず、もどしてしまってから様子が一変した。「信じられない……」と空を仰ぐ運転手にも、こちらは食道を何度も逆流させるという慣れない行為で目は潤み、謝ることしかできない。「この車はルノーじゃない、メルセデスだぞ」（見りゃわかるわよ）「次の予約客が待ってるのに……。具合が悪いのになんで車を停めたんだ」（具合が悪いから停めたのさ）

吐き切ってしまったせいか楽になった私はだんだん開き直ってきた。ようやく家が近くなってきたころ、私は近所のガソリンスタンドをそれでも告げて、洗車代ぐらいは払おうと思っていた。が……。

パリのガソリンスタンドは閉店が早い。長いランチの後、延々とトイレで

過ごしていたので、すでにガソリンスタンドは閉店していたのだった。ガソリンスタンドを探してパリ中を横断しかねない様子の運転手に、私は第二波が来そうなことを告げ、とりあえず家に向かってもらう。着いても車から降ろしてもらえそうにないので、その汚れたマットを自宅で洗ってくると言って、アパートの階段を這うように上がり、そのままベッドに倒れ込みたいところを、シャワーで洗濯するべく洗面所に向かった。

腰をかがめて洗いながら、ここまで運気が落ちることもないだろうと考える。アパートの前で待っていた運転手にマットを返し、メーターの料金から3倍強の支払いをしたら、奴はようやく笑顔になった。

その夜、さんざん迷惑をかけた篠さんに電話をし、原因はそのころパリ中に蔓延《まんえん》していた流感だったことがわかった。レストランの甲殻類攻め特別コースのせいだと決めつけていたとんでもない性格が災いしたのだろうか。その後も更なる不幸が起こるのだった……。

愛している人とでなければ拷問だ

一度、典型的なフランス人のバカンスというものを過ごしてみたかった。去年はニースやカンヌといった海岸沿いをレンタカーでひた走り、プロヴァンス経由でパリに戻った。これぞ〝おフランス〟と満喫したが、それは観光の域を超えるものではなかったように思う。今年こそは、と思っていた矢先。

「日本で言うと、熊の置物が玄関に飾ってあるような家だけど」

カメラマンの篠さんのこのひと言にそそられた。私の母は八戸生まれで、その海に面した叔母の家には、熊どころかとぐろを巻いた白蛇が祀ってあったりする。海風に運ばれてきたハエが食事中、額などに止まっても動じず食べ続けるのを目のあたりにすることもあった。そんな幼少のころの思い出が甦り、この夏はまた、田舎暮らしに浸りたいと思ったのだ。

パリからボルドーまでTGVに乗り、さらに小一時間ほど電車に揺られると、今回の宿、篠さんのフランス人の彼、フランソワの別荘のあるラ・テストに着く。その家は熊の置物から連想されるものとはほど遠く、暖炉がある可愛らしい佇まいだった。納屋には自転車や卓球台まである。芝生の庭のテラスを指差しながら、食事はいつもあそこでとるという篠さんの言葉に、翌日からの生活を想像して思わず頬が緩んでしまった。

翌朝はテラスで、ビスケットを2～3枚、コーヒーで流し込むとすぐに海へ向かった。同じく遊びに来ていたフランソワの友人たちはサーファーなので、一日の大半を海で過ごすのだ。車を道路脇に止め、各自サーフボードやブギーボードを小脇に抱え、浜辺まで10分ほど、松の木立の中を進む。延々と続くゆるやかな勾配に加え、熱い砂に足を取られしんどいのだが、いざ海が目の前に広がるとそれすら忘れる。サーファーも少なくない海だ。波も十分に高い。篠さんは海に入った途端、水中眼鏡を飛ばされていた。私はといえばブギーボードの魅力にはまってしまい、気分はすっかり〝静香〟(失礼！)

だった。乾いた髪がごわごわになって、ヅラのようになっているのを知るまでは……。

海から戻っても興奮はさめやらず、庭で篠さんと卓球をした。

こういうとき、ビールを飲むのもいいが、Rivesaltes《リブザルト》というポルト酒のようなアペリティフをちびちびやる。そうしてゆったりと日が暮れるのを待ち、夕食の準備にかかる。夜はたいていフランソワの家族がストックしている薪で火をおこし、野菜や魚、肉を焼く。野菜や魚はもちろん、スーパーで買った鴨肉さえ、炭火で焼くと、星付きレストランの料理に引けを取らないような気がするのは、満天の星と新鮮な空気の中、仲間とテーブルを囲むこの雰囲気によるものだろうか。この日、鴨と付け合わせのマッシュポテトを死ぬほど胃に収めたら、あっという間に睡魔に襲われてしまった。

次の朝、むくんだ顔のまま、コーヒーの香りで目を覚ます。コーヒーや紅茶は早く起きた人が多めにいれておく。そのほか、食事の支度や後片付けは、手の空いた人がなんとなくやる。それまで人一倍、豪快に食べていたサーフ

ァーのジャン・ルイが皿洗いは僕の仕事だと、短パン一枚で台所に立つ姿はとても可愛い。

この日は週末でマルシェが開かれる日。海チームとは分かれて、私と篠さんは自転車で買い出しに出かけた。何よりの楽しみは、地元の獲れたての生ガキだ。海辺のテラスで、盛りつけられた生ガキの山を崩しながら白ワインを飲むのは、かねてからの夢だった。また、カキの合間に、白ワインで調理されたソーセージをひと口齧《かじ》ると、さらに両者の味を引き立て合うということも知った。2種類買ってきたカキはどちらも磯のよい香りを含んでいて、凝縮された味がする。フランソワが30分はかけて殻を開けてくれた、ひとり当たり15個はあったカキは、ものの10分でなくなった。

「フランス人のなかには、食べるために生きているような人も多いけど、僕はやっぱり生きるために食べてる口だな」

カモシカのような線を保った、あるフランス人の男の子から以前こう言われたとき、大きく頷けたが、マルシェまでの道のりを、のどかな風景を楽し

みながらペダルを踏んでいると、食べるために生きるような、そんなバカンスの過ごし方もありじゃないかと心底思う。

夕方5時以降は、陽射しもぐっと優しくなる。「僕が大好きな所に案内する」と、アンリがDUNEの海まで連れていってくれた。世界の果て……。砂の絶壁を駆け上がり、まだ弾む息で初めてその光景を目にしたとき、そんな言葉が浮かんだ。白砂の山を境にして、片側には暮れなずむ穏やかな海、もう一方の側には松林が、すり鉢状に広がっている。フォーヴィスムの画家たちが好んで描いたような海岸と山水画風の景色が共存している不思議な世界。絶景としても名が知られているのか、見回すと寝袋を広げたカップルやグループもいる。私の頭の回路はどうも単純らしく、とっさにベルトルッチ監督の映画、『シェルタリング・スカイ』のワンシーンを思い浮かべてしまう。デブラ・ウィンガーとジョン・マルコビッチの、倦怠期の芸術家夫婦がアフリカに旅し、この世ならぬ超絶した砂漠の光景を前に、愛と官能のシーンを繰り広げる。

そんなムードとは無縁の私たち3人は、幼いころにした〝蟻地獄〟を思い出させるような、松林に続く砂山を一気に駆け下りたり、大の字に寝転んでみたりして過ごし、気づくと、ちょうど太陽が水平線の向こうに沈んでゆくところだった。大自然を前にすると、どうして人の心はこんなにも簡単に丸裸にされてしまうのだろう。ここはそう、もし異性とふたりきりで来たのなら、その人が本当に愛してる人でなければ拷問となってしまうようなところなのだ。いわゆる〝愛の錯覚〟などは、容赦なくはぎ取られてしまうだろうから。オレンジ色に染まった砂を踏みしめ帰路につきながら、デブラ・ウィンガーがあのとき泣いたわけが、ふとわかったような気がした。

出店に至るまでの苦労が報われた、その瞬間

蚤の市好きの私がカメラマンの篠さんに教えてもらって、世界最大級のリールの蚤の市に足を運んだのは、今から1年前。そのとき、「来年は絶対に売り手として参加しよう」と、決意していた。しかし、相変わらず手続きとなると腰の重い私だった。

ヨーロッパ中の人が詰め掛ける、年に一度のこの〝お祭り〟。リール市街から半径40㎞内のホテルは、1年前から予約しておかないと手遅れになる。去年ですら、半年以上前には予約の電話を入れていたが、それでもすでに超高級ホテルしか空いていなかった。それが今年は1か月を切っているのだ。

「この留守電を聞いたら、すぐに電話をください」

イタリアから戻った私を待っていたのは、篠さんのいつもよりワントーン暗めの声のメッセージだった。なんでもリール市街から半径40㎞内のホテルは全滅で、インターネットを駆使してようやく見つけた1軒に、1時間以内に返事をすることになっているという。そのホテルは何か月間か営業をやめ、冬眠(?・)していたのを特別に開けるとか。6室しかないプチホテルのバスタブ付き(ヨーロッパでは少ない)、とは聞こえがいいが、なんとも怪しさが漂っているのである。

「先日久しぶりに徹夜をしてみたら、次の日おなかの調子がずっと悪くって……。やっぱり年々トシを感じるわ」

その日、一日中予約の電話をかけ続けた篠さんの重い言葉に、とりあえず徹夜の出店は避けようと心に決める。結局、そのプチホテルはやめ、ほとんど私の一存で、さらにリールから離れた、ほぼベルギーとの国境沿いにひとつだけあるホテルに決める。

その名も〝グランドホテル〟。バスタブもないホテルだが、閉めきってい

たホテルよりは怖くない気がしたのだ。

篠さんにホテルの件をすべて任せてしまった罪滅ぼしもあって、私は足を使うことにした。リールの情報集めのため、本屋のはしごをする。それからリールの観光協会に問い合わせて、ものを売るのに登録は必要ないことを確認した。要は場所取りは早い者勝ちなのだ。土曜日から日曜日の夜中まで開かれる市の場所を確保するため、金曜日にはリール入りすることになる。そして長丁場の店番に備え、折りたたみ式の椅子を買いに〝BHV〟（パリにおける東急ハンズのような店）のキャンプコーナーに向かった。

椅子2脚を抱え、家路を急ぐ途中、突然大粒の雨が降ってきたときはさすがにしょんぼりしたが、これも、ホテルのおやじとほとんどケンカ腰で交渉してくれた篠さんの苦労を思えば軽いものだった。

売り物の選別というのも大仕事のひとつだった。ひところ、リール行きが実現する兆しがなかったので、先日、結局この1年間使わなかったものなどを処分してしまったばかりだった（日本に帰れば売り物は山ほどあるのに……）。

実家に置いたままになっている大量の洋服や靴などを思い出しながらも、何かないものかと戸棚の奥までくまなく探す。かき集めたものは、骨董品とはほど遠い、フリーマーケットのほうが似つかわしいものだったが、篠さんが食器類も提供してくれるということで、なんとかなりそうだった。

リールまでの足のことも懸案事項のひとつだった。去年は高見の見物気分で、お気楽に空っぽの大きなバッグひとつ持ってTGVに乗りさえすればよかった。しかし今年は売る側だ。商品(?)に加え、椅子やビニールシートといった小道具がけっこうかさばる。運の悪いことに私たちはふたりとも、国際免許証の期限を切らしていた。

「ポーさんに頼もうか」

篠さんから忘れかけていた名前を告げられ、問題は即座に解決した。ポーさんは国籍を知る者のいないアジア人。元はタクシーの運転手だったが、手腕を買われ、日本の雑誌ではコーディネーターの仕事を兼ねられるドライバーさんとして名が通っているのだ。

出発の朝、ポーさんのワゴン車に荷物と共に乗り込むと、それまでの苦労も忘れ、ようやくわくわくしてきた。ポーさんもリールのブロカンテ（蚤の市）は初めてということで楽しみだという。

「僕もランプを持ってきたんだ」

そのときは、そのランプが私たちを大いに悩ませる種になるとは思いもしなかった。

リールの街に着くや否や、観光協会に顔を出し、街の拡大地図をもらう。この地図は、蚤の市の会場が緑色に塗りつぶされていてとてもわかりやすい。数ある会場の中でも、私たちのような素人が店を張れるのは、運河沿いのひとつの通りのみだった。早速そこへ向かってみると、すでにテントを建てて場所取りがしてあるではないか。聞くと、皆キャンプカーなどで木曜日から乗り込んでいるという。素人といえどもその道20年という愛好者たちなのだ。

……考えが甘かった。……

遠い目をした私たちに声をかけてくれた人がいた。自分たちの取っている陣地を親切にも分けてくださるという。お礼を言って、私たちはその２ｍほどの幅の敷地にビニールシートをかけ、椅子を置いて翌日に備えた。

翌朝、その運河沿いへ向かうまでにえらく時間がかかってしまった。売り手として来ているにもかかわらず、既にお目見えしているほかの業者の商品にどうも惹きつけられてしまうのだ。１９５Ｆ《フラン》の茶色の水玉ポットに悩んでいると（相変わらず私は台所用品に弱い）、篠さんの声が飛んだ。

「何を悩んでいるのよ。去年の失敗を忘れたの?」

うぅ。痛いところを突いてくる。買うか否か躊躇《ちゅうちょ》したものの、１分の間にほかの人に持ち去られるという去年の苦い思い出が甦り、気づくと財布を開けていた。

ようやく前日確保した場所に辿り着き商品を並べる。靴は20Ｆ前後、洋服は５Ｆという値段の割にはまったく売れない。売れたのは、篠さんがいちばん処分したがっていたディズニーのカップ（10Ｆ！）といったぐらい。どうやらポーさんが片隅に置いた〝ランプ３００Ｆ〟という値段にお客さんが怖

じけづいてしまい、私たちの商品もそれぐらいの値段だと思ってしまうようだった。ポーさんはランプの値を下げる気はまったくないという。ふと気がつくと、ランプが隣の敷地に入っていた。ポーさんの見ていないうちに、篠さんが少しずつずらしたらしい。

考えることは一緒なのだ。

それが功を奏したのか、だんだんと売れ始めた。いちばん買ってくれたのは、日本人の女性だったけれど……。

「こんなに安くていいんですか？」

彼女は優しそうなフランス人の旦那様をうかがいながら、インナーやカーディガンなど5点くらい買ってくれた。私たちの、洋服はXSかS、靴は36というサイズの小ささも、西洋人にはいただけなかったのかもしれない。それでも売り上げは294Fになった。

その夜遅く、グランドホテルへ帰るとすぐに身を横たえる。冷えた体にお風呂なしは辛い。ポーさんが止めるのも聞かず、篠さんとワイン1本を空け

ておいて本当によかったと思いながら眠りに落ちた。

日曜日……。あいにくの空模様の中、ワゴン車で30分かけてリールの街へ。

篠さんと雨の中を歩く。日本人の姿はまったく見かけなかった。

「それにしても去年の取材効果はまったくないねぇ」

笑いあっていたそのときだった。

「雨宮さんですよね？　カメラを持っている女性を見て、篠さんじゃないか、と言っていたら、雨宮さんが傍にいるので間違いない！　と思って……」

ふたり連れの女の子が、雑誌の切り抜きを手に、にっこりと微笑んでいた。

それは、このエッセイを連載していた『***Oggi***』の、去年のリールの話のページだった。そこに写った私の顔は、折りたたんだ千円札の夏目漱石のそれのように奇妙だったが、私は瞬間、ふたりに抱きつきたいぐらい嬉しかった。

帰りのワゴン車に揺られながら、来年は日本人で売り子になっている人がいたらいいなと、夢うつつに思うのだった。

la troisième année

3年目

いま想う「3年目の私」

揺るぎない
パリへの思いを確信

3年目。相も変わらずときどきおセンチな気分に浸っている。

この性分は、泣きたいときに、わざと部屋の照明を落として中島みゆき系の音楽を聴いてしまうのに似ている。あー、すみません、やぎ座で。

それでも、3年目も半ばを過ぎたころになると、ようやくそんな自分を客観視できるようになった気がする。1、2年目はなるべくパリから出ないように心がけた。日本へも、ほかの国へも。なんのためにここへ来たのかわからなくなってしまわないように。それがこのころになると、外へ出るくらいではぐらつかない、何か確固たるものが芽生えてくる。また、離れてみることで、ここで暮らすことの自分にとっての意味がより鮮明に見えてくることもある。

フランス。特にパリは自由と孤独を愛する国だ。ふたりでいるためにひとりでいる自由と、孤独な自分とのつき合い方を、この3年間で学んできたつもりだ。回り道を重ねながら。この回り道は心に痛いことも少なくないのだけれど、その大切さを教えてくれ、それができる環境を与えてくれたのもまたここ、パリだった。

見えすぎる鏡
―パリの憂愁―

秋の終わり。人恋しさのバイオリズムの波が、より高まる季節のような気がする。これは私に限ったことではない。先日、たまたま電話をかけてきた渡仏4年目のKクンが重い口を開いた。

「今までも2、3か月おきに来てたけど、この時期はいかんですね……」

やはり……。クラスの授業で好きな詩人の作品を挙げてみろと言われて、たまたま同じ作品を選んでいた彼に同じ匂いを感じてはいたが……。

「それで、どう、どうやってその寂しさを解消しているの？　いつもひょうひょうとしてたじゃない」

「そう見えるでしょ。でもひとりで部屋にいるときなんかは、けっこうきちゃっているんですよ」

私より年下のＫクンは、私の強引な質問攻撃にうろたえつつも、正直に心情を吐露してくれたのだった。

パリの街は美しい。

が、その景色に癒されるのとはうらはらに、見えすぎる鏡のように、ときとして自分の心が映しだされてしまう。

（あれ、私ってこんなに寂しかったんだ……）

心にすきがあるときは、街を歩いているのもよろしくない。

「もう2時間も待ってたよ」

メトロの出口で声をかけてきた、かなり好みのタイプの兄さんに、思わず〝ごめん、ごめん〟と返したくなる気持ちに打ち勝った自分は、今でも褒めてあげたい。カメラマンの篠さんとごはんを食べていたとき、声をかけてきたふたり連れと店を変えて飲んだのも、秋深まりしころではなかったか。家まで車で送ってくれた人があそこまで受けつけないタイプでなかったら、不意に体を乗りだしてきた奴を突き飛ばせたかどうかわからない。

「塔子は強いよね」

そう言ってくれる友達もいる。強い、弱い、という形容詞はよくわからないが、状況に流され、それが思い返したくないような結果に終わったとき、弱かったからという言い訳に逃れたくはない。

フランス……。パリ市長が自らのホモセクシャルを宣言したように、恋愛の形はなんでもありの国といったところがある。カップル同士で相手を替えるといった行為も頻繁に行われているという。恋愛……。当事者にしかわからないことが多いなかで、人様の恋愛について口を挟む気は毛頭ない。が、先日、軽く聞き流せないことを耳にした。なんでも、8年間婚約していた間柄（フランスでは年若くして婚約を結ぶ人が少なくない）のフランス人カップルが別れることになったのだが、その別れの言葉が〝On s'est trompé〟（僕たちは相手を間違えていた）だったというのだ。その話をしてくれた友人によると、この表現を聞いたのはこれが最初ではないという。

別れるに至った経緯はふたりの間にとどめておいてもらうとして、それで

も真剣につき合っていたふたりの最後の言葉が、〝間違えていた〟というのはあまりに寂しすぎる。ひいては、その人と向き合っていた自分をも否定することになるのではないだろうか。そう友人に返すと、そういう考え方はフランス人にはあまりないと彼女は言い、もうひとつ、何度か聞いたことがあるというセリフを教えてくれた。

〝Tu n'étais pas la femme de ma vie〟(君は僕の生涯の女性ではなかった)

いつか出会う最愛の人を求めて、いくつになっても女性、男性であり続けるこの国の人たちはとても素敵だとは思う。そういう自由と孤独を愛する大人の国に惹かれて渡仏した部分も大きい。

両親が離婚した後、ボーイフレンドのいる母親と一緒に暮らしていたあるフランス人の少年は、日本へ遊びに来たとき、パリにいる母親に連絡をとったものの、母親は息子がどこへ行ったのか忘れていて、かつ新たな恋人ができたと報告を受けたという話に、決して少なくないそういった境遇の子供たちはどう育っていくのだろうかと思った。友人の話を聞きながら、自由の代

償としての責任の取り方が大人らしいかどうかは、まだこの国から答えをもらっていないことに気づいた。

子供を育てながらより一層女を磨き、いつまでも恋愛体質でいるフランス女性もいいが、最近素敵だと思う女性に共通していることは、〝恋愛〟というものに捕らわれていない女性だ。

先日、長い間そういったロマンス話を聞いていなかった日本の友人ふたりから続けざまに手紙で報告がきた。こんなにいい女なのになぜ浮いた話のひとつもないの？　と思っていた、間もなく不惑を迎える友人からの手紙には、今、温めている恋について、今だからできる恋なのだと、これが前でも後でもきっと成立していないと綴《つづ》ってあった。また、久々に出会いがあったものの、いろいろあって涙したりもしているという同い年の友人は、それでも今は自分の置かれている状況を大げさに考えすぎず、また粗末にもせず、大切に時を過ごそうと思うと書いていた。

出合えた恋に寄りかかるのは易しい。恋愛をしている自分を客観的にも見

つめつつ、どう生きるかをより大事にしている人たちの達観した姿に教えられるものはとても大きい。

それなのに私はというと、間もなく冬を迎えるこのパリで、とても小さいままなのだ。

「また、セップの時期なんだ……」

ロンドンから久しぶりに帰国したゆう子に、愚かな自分をさらけだす。そういえば、去年さんざん彼女に心配をかけたのも、セップ茸の出回るこの時期だった。話を聞いた彼女が私へのじれったさのあまり、怒りで声を震わせているのが、電話越しにもたやすくわかる。どうしてこんなにも彼女の怒りに癒されてしまうのだろう。

強くても弱くてもいいから大人になりたいと、ツーンとくる鼻の奥で思った。

この食い意地だけは、死んでも治らない

食の都、パリに居るからには料理も習ってみたい。渡仏前から確かにそう思っていたものの、なかなか実現できなかったのには理由がある。ワインにチーズ、最近ではシガーにも及ぶその興味を玄人の域まで探求してしまうという川島なお美さんの話を耳にするにつけ、もっぱら食べて終わる対照的な自分の怠惰ぶりと比較しながら、半分開き直ってきた。素人は素人で純粋に楽しんでいるほうが究極の贅沢なのだと勝手な言い訳をつくって。

そして、あのキッシュもかなりのトラウマになっていた。ちょうど2年前、フランス語習得に必死になっていたころだ。日々宿題や復習に追われ、学校と家を往復するだけだったある日。同じクラスの日本人の友人が、教室にキッシュを持ってきてくれた。日本でシェフをしている彼女の友人が、さらに

腕を磨くべくパリのコルドン・ブルーで研修をしているのだが、その彼が焼いたというキノコとサーモンの2種類のキッシュをおすそわけにと言って……。見た目のボリュームにそぐわないあの味の繊細さは忘れない。そのキッシュは、当時、知恵熱ぎみで弱っていた胃に優しく沁みた。そして同時に、真摯な目的を持って料理を学ぶことに、全エネルギーを注ぐ人のつくりだすものの凄みを思い知らされたのだった。それ以来、料理教室の門というのは、私にとってえらく敷居の高いものになった。

ところが、今回その禁断の門、しかも因縁のコルドン・ブルー料理学校の門を叩くことになった。

パリ15区。わりあい庶民的な地区に、学校は位置している。パンやお菓子、ソースなど、プロを志す人向けの本科コース以外にも、素人でも気軽に試せるコースがいくつも編成されているのが魅力だ。たとえば、私が申し込んだ〝CUISINE DES AMIS〟というコース。要はおもてなしメニューと言えばいいだろうか。前菜、メイン、デザートの3品をコルドン・ブルーのシェフ

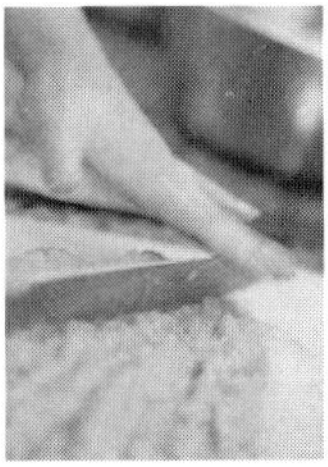

（そのほとんどが『ミシュランガイドブック』で星を許された有名レストラン出身者だそうだ）が、まずデモンストレーションをしてみせ、その後試食を挟んで、私たち受講生がメインだけ実習するという構成になっている。

朝9時集合ということで、遅れまいと駆けつけたものの、9時30分のデモンストレーションの開始時刻までコーヒーとクロワッサンでお茶を濁すのだった。この間、シェフの説明でもあるのかと思っていたら、受講生ばかりがテーブルを囲んでいる。

クロワッサンに手をつける人はいない。これから試食もある実習を前に控えてるのだろうか。

（コルドン・ブルーのクロワッサンもただものじゃないかも……）

この食い意地だけは、死んでも治らない。私だけがクロワッサンに手を伸ばす。……う、うまい。パリはどこでもクロワッサンが美味しいというのは嘘だ。このコルドン・ブルーのクロワッサンは代官山の〝ヒルサイドテラス〟のそれに似て、皮と中身の対比といい、見事だった。さらにこの後への期待

感が増す。

いよいよデモンストレーションの開始。アメリカ人が多いので、フランス人シェフが説明した後、英語で通訳が入る。これは私にとって、フランス語字幕のアメリカ映画を見たときのような混乱をもたらす。ついつい英語に甘えてしまおうとするため、余計にわからなくなるのだ。頭の中が真っ白なまま茫然と3分ほど過ごした後、シェフの手元と言葉だけに神経を集中させることに決める。

前菜は〝Chartreuse de Poireaux aux Langoustines（シャルトゥルーズ風ポワローとラングスティーヌ）〟。いかにもレストランメニュー風な、大皿の中央に麗しく型抜かれた粋な一品。茹でたポワロー（西洋ねぎ）で周りを囲み、中にラングスティーヌ（手長エビの一種）と冷やしたジュレ（煮こごりのようなもの）を敷き詰めたものだ。ソースには贅沢にもトリュフがふんだんに使われ、かくし味にクルミやピーナッツオイルも入っている。味の上品さとジュレの喉ごしもさることながら、その見栄えの素晴らしさはまさに

〝おもてなし〟向きだとうなずけた。

そしてメイン。ホタテ貝をオーブンで軽く焼くという料理手順の少なさに、なんとなくあっさり終わってしまいそうで、ちょっと損した気分になっていた〝coquilles Saint Jacques à la coque au beurre demi-sel〟だが、これもただでは終わっていなかった。シェフのホタテ貝の選び方（フランス産では、ブルターニュのものがいいらしい）から殻のはずし方まで勉強になった。殻付きのままサーブするのだが、その殻の上に付け合わせたトマトペーストひとつにも、ブーケガルニで丹念に風味をつけていたりと、細部にまで抜かりがない。具の根元にほんの少しだけ置いたバジリコソースも、ほかにも応用が利きそうな優れものだった。

「最近は変わった食材も取り入れているんですよ」

広報の女性がおっしゃっていたように、それはデザートにも表れていた。

〝フヌイユ（ういきょう）のアイスクリーム、いちじくのロースト添え〟だが、ラングスティーヌ、ホタテ貝と続くさっぱり系のこの日のメニューの締

めには最適だった。フヌイユのアイスは私にとっては初めての出合いだったが、よもぎ色とクリーム色のマーブル状のそれは、本当に爽やかで美味しかった。コルドン・ブルーと聞くと伝統的なイメージが色濃いが、常に今の食文化にも敏感なのだと改めて思う。

エプロンから、自分でつくった料理を持ち帰るためのタッパーまで用意され、試食のときには選び抜かれたワイン（ちなみにこの日はサンテミリオン・グランクリュのフィジャック）までサーブされ、１２０ユーロは決して高くないのかもしれない。久しぶりに素晴らしくよく切れる包丁と、家庭では望みようもない火力に大いに感激し、次回は何に挑戦しようかと早くも思いを巡らすのだった。

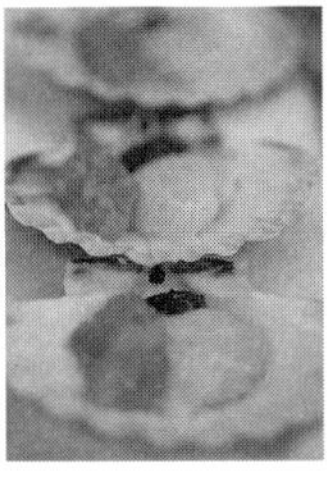

久々の日本での、凝縮された日々

帰国までのカウントダウン。一時帰国とはいえ、お土産の調達やら、やっておくべき雑事に追われ、出発日の3日前ぐらいからはパリ中を駆け巡ることになる。ひと足先に帰国したゆう子もそうだった。彼女の携帯に電話をかけると、今は〝フォション〟でジャムを買っているだとか、彼女のお母様の友人のために黄色いお財布を探しているだとか、いつもどこかで買い物をしていた。近所に住むピアニストのまどかも、いつも40kg近い荷物を抱えてチェックインカウンターに並ぶという。何をそんなにと尋ねると、彼女の場合、日本での滞在も2か月近くと長いので、恋しくなるであろうフランスの食材を大量に持ち帰るらしい。荷物が多いのは、皆、共通しているとはいえ、その中身は人それぞれだ。私はというと、増え続ける一方の使いこなせない台

所雑貨や食器を、日本の実家に回すべく、手荷物用の巨大な包みを抱える羽目になる。

あの日は朝から暗雲が立ちこめていた。なんとか荷づくりを終え、お茶をいれてひと息ついた後、タクシーを呼ぶ。なぜか電話が延々と繋がらない。10分近くコール音を鳴らして、ようやくつかまったタクシーに住所を告げ待つこと15分。おかしい……。いつもは5分くらいで来るというのに……。様子を見にアパートを出ても、来る気配がないのにしびれを切らし、もう一度コールしようと部屋に戻る。すると窓越しに、私が待ちくたびれて諦めたと思ったのか、去っていくタクシーが見えるではないか。遠吠えする私の尋常ではない様子に、管理人のジャネットが階下から何事かと叫んでいる。時間が迫り焦る私に、彼女の濃いキャラクターを受け入れている余裕はなかった。

ようやくつかまったタクシーに乗り込むと、今度は電気コンロのスイッチを切ってきたか、にわかに不安になる。あぁ、あのときお茶なんかいれるんじゃなかった。おまけにあの騒動で出ていった私の部屋を、あとでジャネッ

トが覗くに違いない。もっときれいに片付けておくべきだった……。タクシーの中で次回こそはと誓いを立てるのは毎度のことだ。

　そんなこんなで日本に着くころには、心身共にヘロヘロになっている。機内では寝つきが悪いのに手伝って、久しぶりの帰国に少し興奮状態なのか、一睡もできないことが多いからだ。こういうときはかえって飛ばしたほうがいい。ちなみに今回は帰国したその足で、行きつけの美容院へ直行し、パリではあり得ない丁寧なマッサージ（トリートメントの間に受ける）をしてもらう。時差もあっての、極度のうっとり顔の私は、はたから見たら相当寒かっただろうと思う。

　その後は家にも寄らず、両親と外で待ち合わせてお寿司屋さんへ向かった。久しぶりの帰国ということで、魚以外にも煮物だなんだと出してくれるおやじさんの心遣いに感激しつつも、日本酒の回った完徹状態の頭は朦朧《もうろう》とし、体はお寿司を頬張ったまま舟を漕ぎそうになる。そうして家に辿り着くころにはフラフラだ。父が車のトランクに積んだままになっていた重たいスーツ

ケースを運び出そうとしている。その後ろ姿がひと回り小さくなったような気がするのは、1年ぶりに会うからでも、朦朧としているからでもない。でも、その無言の背中は、私がかわって運び出すのを頑なに拒んでいた。私はあとどのくらい、スーツケースを運ばせ続けなければならないのだろう。

日本での滞在は限りがある。美容院のほか、歯医者や国際免許証の書き換えといったマストの用事はできるだけ早めに済ませ、余った時間を会いたい人たちとの時間にゆったり費やしたい。街の様子も変われば、周りの人たちの環境も変わっている。

30代を迎えた友人たちの多くはすでに結婚している。親友のリカも、息子の〝浩太〟を産んで以来、初めての再会になる。その日、リカのマンションのエレベーターを降りた私の目に、浩太を抱くリカの姿が飛び込んできたとき、なんとも言えない感慨に襲われた。子供が子供を産んでと言われていたリカが、ラファエロの聖母子像のように神々しく見えた。

浩太をお義母様に預け、お茶をする。以前のリカと変わらない様子にホッ

としながらも、私の知らないところで彼女の新しい生活が始まっているという、わかりきっていたはずの事実を改めて思い知った。頭ではなく、心で。

友人たちとの外食が続くと、親の顔色をうかがうようになる。パリに住む友人たちに聞いてみても皆、日本に帰国した際、3日外食が続くと、1日は家で両親と共に過ごすようにしているという。

外食は和食かイタリアン。あえてフレンチは食べる気がしないし、イタリアンはパリでは美味しい店が少ないからだ。日本のレストランのレベルの高さには毎回驚かされる。ハズシがほとんどないし、バリエーションの豊かさは世界一ではなかろうか。バリエーションという意味では飲み物にもいえる。最近でこそアイスコーヒーやアイスティーを目にする機会が増えたが、まだまだホットが主流のフランスだ。帰国すると、ついついアイスシナモンミルクティーだとか、アイスモカフラペチーノといった、複雑系の飲み物を注文してしまう。

毎日だれかと会っていると、ポッンと空いた日の寂しさが応える。パリで

はひとり暮らしなので慣れているにもかかわらず。両親の旅行中、一日だけ空いたその夜、自宅で疲れぎみの胃を休めようと粗食の用意をしていた。コンロに鍋をかけながら、とうに子離れし、両親は両親の人生を歩き始めているのに比べ、自分はまだ親離れできていないことに愕然とした。親離れは、決して距離の問題ではない。そんなことすら気づけないでいた。

凝縮した日々に心が行ったり来たりしつつも、あっという間にパリへの帰国の日を迎えてしまう。薬や電化製品やラップ（日本製品は世界一だ）といった日用品に、お米、和菓子……。こうした日本でしか手に入れられない品々の買い物に走るのも、実用的な意味だけではないように思う。パリでの生活に戻るまでに、心を残す日本の品々を介して、そっと軟着陸できるよう無意識のうちに心がけているのではないだろうか。

幸せを実感しに、足を運ぶパティスリー

自称〝肉類は牛、豚、鶏以外は食べない宗教〟の信者という親友リカからは煙たがられるほど、食材の許容範囲の広い私だが、実は何を隠そう、お菓子には好き嫌いが多い。甘い物が苦手な母の影響もあるのかもしれない。彼女が洋菓子で1個食べきれるのはチーズケーキだけ。和菓子ですら、豆大福ひとつも食べきれない。

スキー部だった学生時代、〝コソ練〟をしに、一般参加のスキー合宿に行ったことがあった。それにひとりで参加していたおじいちゃんが、お昼にポツンと寂しく食事をしているので、友達とふたりでご一緒することにした。おじいちゃんにとっては嬉しかったらしく、食後、いきなり店員さんを呼び止め、「チョコレートパフェをふたつ」と注文するではないか。（……チョ、

チョコレートパフェ……）。てんこ盛りのチョコレートパフェを目の前にして、背筋に汗が流れるのを感じた。

そのころ、生クリームは食べられず、ジュースすら缶1本も飲みきれなかった私にとって、チョコレートパフェほど天敵なものはなかったのだ。が、おじいちゃんの好意を無にすることもできず、半分拷問に感じつつも残らず平らげたあの日。それ以前もそれ以降も、パフェ関係は苦手だし、チョコレートも無意識に避けていたように思う。

確かに以前から大好物のマロン系やチーズケーキ、和菓子はイケたが、ここにきて日に一度はチョコレートを口にしている自分がいるとは、あのころからは想像できなかったことだ。時代の違いもあるかもしれないが、何しろ日本のそれとはチョコレートが別物だ。カカオの比率だかなんだかよくわからないが、濃厚なのに嫌味がない。

パリ在住の日本人の間でもショコラティエの好みは異なる。日本にもある〝ラ・メゾン・デュ・ショコラ〟のあのコクはピカいちと言う人もいれば、

私のお土産の定番、〝ジャン＝ポール・エヴァン〟派もいる。母とは正反対にお菓子にも貪欲な父は、義理チョコでいただいて以来病みつきだという〝ピエール・エルメ〟を帰国の際には買ってきてと駄々をこねる。でも、私的に言えば、その〝ジャン＝ポール・エヴァン〟の、土曜日にしか売っていないミルフイユ・オ・ショコラは絶品だ。ここの、パイ生地までもがまろやかなチョコレート風味に魅せられ続け、早数か月が経つ。

〝パティスリー・サダハル・アオキ〟。パティスリーの激戦区である6区に、2001年の12月にオープンした日本人パティシエの店。ここのショーケースにはごまや抹茶のエクレア、シュークリームに、'96年のシャルル・プルースト杯味覚部門で優勝を果たした〝ヴァランシア〟をはじめ、青木さんの得意とするフルーツを使ったケーキの数々がきれいに陳列され、今日も通りかかった私を誘う。何せ私が通っている学校の目と鼻の先なのだ。

そもそも青木さんのつくるお菓子との出合いは3年前にさかのぼる。仕事でパリにいらっしゃった山本益博氏が、「今パリで頑張っている注目の日本

人パティシエだよ」と言って、知る人ぞ知る、青木さんのマカロンをくださった。その和風マカロン（黒ごま、白ごま、あずき、きなこ、抹茶）はそれまでパリで口にしたどのマカロンよりも美味しかった。お呼ばれしたときに持っていくと、その人も必ずリピーターになる。カメラマンの篠さんの知り合いの、褒め言葉を口にしたことがないフランス人マダムですら夢中になってしまった逸品なのだ。

当時そのマカロンを入手するには、青木さんが卸している店のひとつ、〝TORAYA〟に行かなければならなかったのが、ご自身のお店のオープンで、私も学校の帰り道に気軽に寄れるようになった。

ただものじゃないチーズスフレに、抹茶ミルフイユも捨てがたいが、とにかく驚くのがパウンドケーキ。私はこの手の、口の中がもごもごになりそうな渇き系のお菓子がはっきり言って苦手だった。結婚式の引き出物でいただいても、失礼ながら一度の味見で終わることもしばしば……。が、青木さんのピスタチオ風味のドライフルーツケーキは、このパウンドケーキへの偏見

を見事に覆してくれる。

青木さんが旅先で出合い、選りすぐったドライフルーツやナッツ類がふんだんに入っていて、まず、ずっしりと手に重いのに驚かされる。そしてひと口かむと〝ジュッ〟とする。どう考えても採算が合わないのではないか？でもこれが青木さんのつくるお菓子だ。彼が好んでお店のディスプレイにお使いになる竹。まさにその竹を割ったような潔さ……。

一日の休みもないばかりか、仕事が深夜に及ぶこともしばしばだけれど、それを苦とも思わないと青木さんは言う。好きでやっていることだから、人を喜ばせるのが好きだからと。同じく在仏の身の上から、苦労話も容易に想像がつくのだが、決して口にしないし、何よりも表に出ていない。ふとアナウンサー時代の記憶が甦った。

……自分がまず心から笑っていないと、人を幸せにすることもできないんだよ。……

悩みを抱えていた一時期、かけられた言葉だった。そうかもしれない。悩

みや苦しみを押しつけられても、人は救われない。

「美味しいでしょ？　〇〇のより、うちのこれのほうが美味しいと思うんだよなぁ」

こういうセリフは、下手をすると相手にどう受け取られるかということなど、この人の頭をかすめはしない。だれだって、お菓子づくりに自信がないというパティシエのお菓子は口にしたくはないけれど。

お菓子が文化のひとつのバロメーターであるような伝統の中に育ったパリジャンを相手に、今日も幸せを与えているひとりの日本人がいる。懐かしい日本の味覚を求めてというよりも、ここでしか味わえないオリジナリティと幸せを実感したい者のひとりとして、私も足を向けてしまう。

不健康な国の健康事情

どちらかと言うと不健康の代名詞のような国だと思っていた、フランスという国は。まずは喫煙者の数。いろいろな国を旅して比べてみるにつけ、フランスは時代に逆行しているとつくづく思う。それにランチからハイファットなフルコースをとるビジネスマン。でも彼らはタフだ。夜は夜でさんざん飲み続けた後、ようやく「帰る」と言ってから1時間はゆうにしゃべり倒して腰を上げるのだが、それでも翌日はケロリと、早朝から仕事のエンジンをかける。そんな姿を見るたびに、あのパワーはどこから出てくるのかといつも不思議に思う。

「赤ワインを飲んでいるからだよ」

前菜、メイン、チーズにデザートを網羅するような食生活を続けるフラン

ス人が、なぜ、食べる量ほどは太らないのかと聞いてみたら、こんな答えが返ってきた。彼は別に〝みのもんたさん〟ではない。さらに続けて、「フランス人は間食をほとんどしないし、アメリカ人のように買ってきたアイスクリームのボックスを一気に空にしてしまうようなこともしないからさ」と胸を張る。赤ワインのお陰でも、間食をしないことでもなく、少ない睡眠時間の上にあれだけエネルギーを必要としそうな夜を繰り返していれば、太る暇もないように思うのは私だけだろうか。

フランス人の中にも、健康やダイエットに並々ならぬ関心を抱いている人もいる。たとえば、私が通うジムでいつも顔を合わせるマダムは、朝イチでエアロビクスのレッスンに出てから出社し、昼食時は食事をする暇も惜しんでまたジムに舞い戻ってくる。すごいときは、退社後にも寄ってサウナに入ってから帰宅すると言う。でも彼女はここだけの話、決して痩せていかないから不思議だ。反動でドカ食いしてしまっているのだろうか？　あるいは私のように、食べたいからジムに通っているクチかもしれない。

健康オタクの親友、ゆう子の最近のストイックぶりはすごい。もともと痩せる必要のないモデル体型（彼女は実際モデルだが）だったが、長らく日本に帰国していた彼女に再会したら一段と研ぎ澄まされていた。なんと7kgも痩せたという。聞くと、〝白いものは口にしない〟のがポイントだそうだ。お米は玄米、パンも全粒粉のものを買っていたが、最近はパスタすら全粒粉のもの（おそばっぽい味だそうだ）に手を出すようになったとか。食べる量は変わらないのに（はっきり言って彼女は大食い）、この食生活にしてから自然に痩せたと言う彼女の、ふた回りも細くなった二の腕を見ながら、「私も！」と身を乗り出したが、すぐに諦めた。炭水化物好きの私にとって、うどんやきしめん、皮パリパリのバゲットを口にできないのは拷問に近い。

それでも取り入れやすそうなものはチャレンジしてみた。ゆう子が玄米や大豆、豆乳を買いに行く〝Ｂｉｏ〟のお店のほかに、最近では〝Ｂｉｏ〟ブームに乗って、野菜や果物をミキサーで粗く砕いて豆乳やジュースで割ったカクテルを出すスタンドなどが街にお目見えしてきた。健康的だし、なぜか

腹持ちもいい気がする。日本ではもう定着した感のあるスムージーをこちらでは見かけないのが残念だ。パリは本当に冷たい飲み物のバリエーションが少ない。

また、これこそはまるべきだったのかもしれないと思うのがフランスの誇るエステ。日本から友人が来るたび、いいエステを紹介してと言われるが、どうも私はこの方面に疎い。ジムでサウナに入っているから大丈夫とタカをくくっていたのだが、やはり年齢には逆らえないと思い始めていたところに、カメラマンの篠さんがいいお店を紹介してくれた。サロン風の店内の奥の部屋ではエステが受けられ、自然派化粧品も購入できる。ここの海藻マスクはつけると少しヒリヒリしてピーリング効果があるらしい。つけ続けて1週間は謎の吹き出ものに悩まされるけれど、それを越えれば肌がピンと張ってくるとか。

さっそく足を向けてみたが、私の肌の様子を見て勧めてくれたのはミネラルマスクで、まず乾燥対策から始めなければいけないらしい。海藻マスクを

始められるまでは少なくとも続けようと、今、頑張っているところだ。

私にとってエステより重要なのが全身マッサージ。リンパマッサージから、家まで来てくれる指圧師まで、会社員時代は本当にお世話になっていた。時間に追われることもなく、睡眠時間たっぷりの今の生活ではストレスも溜まりようがないと思っていたが、やはり疲れは何かしらの形で姿を見せるようだ。

篠さんと飲んでいたときのこと。「鏡を見てきて」とささやかれ、トイレに駆け込むと顔や首にじんましんがポツポツと出ていた。その辺のホラー映画より恐い映像に対策を探し始め、辿り着いたのが気功マッサージだ。中国人気功師G氏のマッサージは、たとえば体内に異物ができたらそれを別のエネルギーで取り除こうとするのではなく、異物ができる前の体の状態に戻してあげて、自然に異物も小さくしていこうとする東洋医学に基づいている。30分で5、000円弱という決してお安くない金額にもかかわらず、フランス人にも大人気で予約を取るのも難しい。待合室でフランス人母娘が神妙な面

持ちで順番を待つ姿も珍しくない。

ダイエット方法もエステも健康管理も、結局は人それぞれだと、あたりまえのことを痛感する今日このごろだ。以前、その人にとっての名医は他人にもそうとは限らないと聞いたことがあるが、今なら素直にうなずける気がする。評判だから、流行だからと飛びつくのではなく、自分に本当に合うものはなんなのか、パリの人はファッションと同様、追求していくのに長けているように思う。定期的にカウンセリングを受けている人が少なくないことも、またそうした診察に保険が下りることも、お国柄がよく表れている。

ストイックな食生活を守り早寝をすることよりも、ときには煙草を吸い、睡眠を削って飲み語ることのほうが、心の栄養になることも多々あるのかもしれない。

「復帰」という言葉には、どうもピンとこない

最近、パリを留守にすることが多い。パリ生活にも慣れてきて、少し生活のリズムを変えたかったこともあるけれど、通っている美術学校のカリキュラムがひと通り修了してしまったことも大きい。絵画の理解に終わりはない。それにたかだか数年で理解を深められるほど、ルーブルやオルセーの器は小さくもない。でも、フランスのほかの地方や国外にある絵画や彫刻、建築を実際に見に行く時間は確かに増えた。本やスライドを使っての授業も、私のような知識や教養の浅い人間にとっては必要だけれど、やはり思い立ったらすぐに本物を見に、ときにはＴＧＶや飛行機に乗って、自分の熱の冷めないうちに行動できるのが、ここにいる大きな意義のひとつでもある。そういう

意味ではようやく本来の、いちばん望んだ形に近づいてきた感じだ。

先日、出演する番組の制作発表と会見が行なわれた。

「仕事、再開するの？」「復帰だね」……。そうした言葉をかけられることもあるけれど、どうもピンとこない。私にとって今の仕事と呼ばれるものは、やりたいことの延長線上にあるものだ。そのときの興味に沿ったことを実体験できる素晴らしい機会に恵まれる。しかもそうした機会を与えてくれる人はかつて同じ熱を共有した人たちであったりする。これを〝仕事〟と呼んだらバチが当たりそうだ。仕事である限り、そこにお金が派生するのなら、学生としてではなくプロとして臨むか、いっそ受け取らないほうがいいとすら思う。

仕事をしてみて気づくことは、人はそう変わらないということだ。絵画を学んでいても、突き詰めると興味があるのは、そのときその絵を描かずにはいられなかったアーティストの情念や、あるいはそこへ押しやった時代背景だったりする。それは、できるだけ抽象的なものを追い求めたくてテレビ局

に入社した当時の自分とほとんど違いはない。それを実現する手段としての媒体を変えてみても本質は変わらないことに気づいたとき、テレビの仕事とそれ以外の仕事との間に線を引こうとする自分がつまらなく思えてきた。

テレビの仕事の真髄はチームでひとつのことをやることだ。先日、エジプトをテーマにした番組を録るにあたって、エジプトロケと東京のスタジオ収録とを久し振りに経験した。私はやっぱりロケが好きだ。エジプトに行くのは2年ぶり。まさかこんなにすぐにまた行くことになるとは思ってもいなかったけれど、これも何か不思議な縁のようなものを感じてしまった。

前回行ったときは、現地の観光局のエジプト人すらあたった中、私はピンピンしていて、太いのは神経だけではなかったと笑っていたのに、今回は着いた初日から、それまでの旅疲れか（いろいろと海外取材が重なっていた）、興奮、緊張のせいかはわからないけれど、吐き気とおなかの不調で、なかなかしんどい思いをした。特にピラミッドの内部はえぐい。ほとんどが坂道で構成されている上に、撮影上、宙に浮いたはしごに延々と足をかけていなけ

ればならず、下腹が何度も危険信号を発していた。

およそ、3週間に及ぶロケ中、私が伝染《うつ》したのか、スタッフも次々と似たような症状に襲われていく。そうした極限状況の中にいると、50度近い気温の中でも集中力を保てるし、負担を分かち合えるせいか、お互いの距離を早く縮められるような気がする。もちろんそう思えるのは今だからであって、そのときそのときを乗り切るのに精一杯だったけれど……。

エジプトからパリへ戻るや否や、今度はCG合成撮影のために東京へ。すでにパリでの授業が始まっていたため、4日間の滞在というスケジュールだった。そのうち丸3日間、スタジオに通う。いつもながら一睡もできないまま、成田に朝到着。午後イチでスタジオ入りする。機中からむくみっぱなしだった顔でも、過密スケジュールをこなすうちに目だけは少しつり上がっていくらしい。パリに住む友人たちの間では、これを〝東京顔〟と呼んでいる。東京での生活は楽しいいし、滞在が短くても凝縮した日々で充実する。その興奮や、受けた影響を持ち込んでしまうのか、パリでしょっちゅう顔を合わす

者同士ならすぐに、その微妙な違いがわかる。でもそれもまた、再びパリでの生活に戻るうち、いつもの穏やかさを取り戻していく。

友人の中には、重要な決定は東京ではしないという人もいる。東京にいるときは、特殊な刺激を受けたり、いつもより高ぶった気分でいるので、そういうときの決定は本来の自分の意に沿うものではなくなってしまう、と。東京との間合いの取り方も人それぞれつかんでいくようだ。

私の場合、日本での滞在は予定を詰め込み過ぎてしまうためか、何かを決めるのに充てる時間のゆとりがない。というより、余暇をつくりたくなくて、予定を入れている感さえある。東京にいる場合に限って、余暇の多さはそのまま心のすき間に比例してしまう。家族や親しい人たちと会える喜びはあるが、そうした人たちと会っていない間は、もう自分の居場所が見いだせなくなっている感じが、日本に帰国するたび、色濃くなってゆく。でもそれを嘆くつもりはない。何かひとつのことや場所に順応するとは、ほかのものを断ち切っていくことでもあるから。

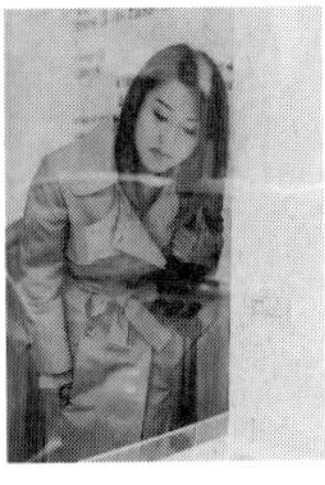

かつて5年以上もの年月を濃く過ごした懐かしい人たちと、ひとつの共通の目的を形にするという、今も愛してやまない時間を共有した。その余韻が残っていたのだろうか。パリに戻ると、「このまま東京で仕事を持つ暮らしに楽しみを見つけて、戻ってしまうこともシミュレーションしていたよ」と、余韻の残る私の顔を見まいとするかのように、横を向いたままの人が言う。

でも、今、私にははっきりわかっている。東京での時間の素晴らしさも、地に足の着いたここ、パリでの暮らしがあってこそ、感じられるものなのだと。

決断に迷いはなかった

「トイレに座っているときにねえ、こう、むずっとくるのよ」

別に人間の生理現象のことではない。以前、その何か月か前に、結婚を決めたカメラマンの篠さんに、決断に至った経緯を尋ねてみたところ、こういう答えが返ってきた。

意味がよくわからず、目をさまよわせている私に、篠さんは、決断って無理にするより、トイレに座っているときなんかに向こうからやってくるのだと付け足すのだった。

私は、決断しなければならないことや悩みごとがあっても、結局は自分で決めないと気持ちが悪いので、もっぱら友人たちには〝結果報告〟の形になってしまうことが多い。しかし、篠さんは私の母の性格に似ているところが

あるせいだろうか、なぜか彼女の、本人は狙ったわけではない言葉に、気がつくと影響されていることがある。実際、私生活のことなどで落ち込んだとき、トイレに座ってみたこともあった。でも、うろこが落ちそうな回答など、私には向こうからやってきたためしはなかった。

ところが今回に限っては、トイレに座る必要もないくらい、それは唐突にやってきた。いつもながら私事で恐縮だが、入籍した。

決断に迷いはなかった。本来欲張りな性質で、日本にいたころは、何ひとつスッパリと切り離すということができない私だった。しかし、ここでは生活がシンプルで悩む材料も少ないからだろうか、おのずとどうしたいのかが鮮明に見えてくる。

結婚は縁やタイミングとよく言われる。確かにそう思う。が、今回のことで自分なりにわかったことがある。結局、縁やタイミングも、本人たちの、そうしたいという思いが呼び起こすものなのだということを。

相手はこのエッセイでの取材がきっかけで知り合った人だから、縁をつく

ったのは本人たちとは言い難い。が、渡仏以来これまでの間に、何度か出会う機会があり得た中で、後でも先でもないこの時期に出会ったのは、何か意味があるように思う。

決断はクリアだったけれど、それを実行に移すのに、異国という地は本当に厄介だ。入籍という行為に、〝面倒臭い〟という表現はあてはまるわけもないが、もし勢いだけで結婚を決めたのなら、それを踏みとどまらせるのに十分なほど、書類をはじめとする手続きが面倒なのだ。

ひとつの書類が揃っても、他の書類を揃えるのに手間取っていると、あっという間に期限が切れる（大抵は3か月）。すると再度、日本の領事館に申請し直さなければならない。先に結婚した篠さんが、まさにそのケースだった。いつまでも手続きの進行に〝待った〟のかかっている篠さんの様子に業を煮やした彼のフランソワが、まだ自分と結婚する気は残っているかとおずおずと尋ねてきたと聞いたとき、彼の心中が痛いほど想像できた。

私の場合、放っておくと何もしない性格を読まれたのか、向こうが嵐のよ

うに手続きをこなしていってくれたのだった。本来、相手のペースに巻き込まれるのを好まない私なのに、それが嫌ではないのはやはり腹がくくれているのかと、他人事のように考えてもみた。それでも、まぬがれられないことがあった。予防注射だ。フランス語でいう〝バクスィナスィオン〟。これまたバクテリアみたいに菌系の響きをもつ、いただけない単語だ。偏見かもしれないが。

フランスでは結婚する男女には、この予防注射が義務づけられている。これが不平等この上ない。男性はマラリアの予防注射だけで済むのに、女性はそのマラリアに加え、エイズの検査から、妊娠中にかかった場合、生まれてくる子供に影響を及ぼす風疹の予防接種（これは事前の検査でやらなければならないかどうかが判明する）を受けなければならない。さらに私は血液型検査までする羽目になった。私がO型なのは紛れもない事実なのだが、Rh式のプラス型かマイナス型か知らなかったからだ。

最低でも3回は注射に通わねばならない。幼稚園のころ、予防接種をする

列から飛び出しては逃げ回っていた。先生に捕まり、「お医者様にご挨拶だけしましょうね」と説き伏せられて結局はだまされ、腕に針を突き立てられて以来、これぐらい憎むべきものはなかったというのに。

書類の中で珍しいのは〝婚姻契約書〟だろうか。これは義務ではなく任意のものだが、フランス人と結婚した篠さんから「やっておいたほうがいい」という強い勧めがあってやることに決めた。離婚率の高い欧米ならではの契約だと思うが、離婚する際にもめないように、結婚前のお互いの財産や所有物を明らかにしておく書類といったらいいだろうか。ほかにも細々とした取り決めがあるのだが、フランス語で延々と説明されても、お経のようにしか聞こえない。お医者さん同様、この公証人の事務所にいると、偏頭痛に悩まされるのが常だった。

こういう手続きに追われていると、紙の上での形式に、がんじがらめにされるような感じがしてくる。フランスに長く暮らし、〝紙〟の意味を問うフランス人に近い彼と、終始互いの結婚観を確認しながら進めてきた。私の仕

事柄、日本のマスコミに取り上げられることがあり、私はそれを必要以上に気にするところがあったが、純粋な気持ちだけで動く彼に教えられたこともずいぶんある。

ついこの間までは、フランスで結婚することになるとは夢にも思わなかった。間もなく私にも10年ビザがおり、フランス人とほぼ同等の権利を手にすることになる。今までは一外国人学生の視点で捉えてきたパリの街が、正式に住人になることでどう色づいてくるのか、自分でも楽しみだ。

ひとり暮らしを卒業した

　渡仏以来ずっと暮らしてきた部屋を出た。この2週間はバタバタだった。引っ越すときの諸手続きは日本とほとんど変わらない。部屋の持ち主である大家さんに引っ越し予定日の3か月前までに通知する。フランスでは、大家さんが不動産屋経由で借り主にコンタクトを取る場合と、借り主と直接交渉する場合とに分かれるが、私の大家さん、マダム・セビーニャは前者。この不動産屋がえぐい。一応シックな地区といわれる私の住んでいた街の規定（パリは地区によって取り決めが少しずつ違う）で、家賃のほかにさまざまな付加税がつくのも確かだが、取り立て得るものは根こそぎ持っていく容赦のなさ。また、通貨がフランからユーロに切り替えになって、真っ先に家賃を便乗値上げしたのも記憶に新しい。

大家さんと借り主の直接交渉の場合、３か月より早めに出られることもある。たとえば、借り主が次に入居したがっている人を紹介したり、大家側が次の入居希望者の心当たりがある場合など。そもそもパリではアパート探しは至難の業だ。引っ越し通知をして、その３か月間に物件探しをするのはかなり勇気がいる。実際、家を引き払った後、次の物件がなかなか見つからなくて、ホテル暮らしをしていた人もいる。運良くいい物件に巡り合えたら、家賃を二重に払ってでも押さえておきたいと思うのが普通だ。

私の場合、彼の協力もあって、物件探しの必要はなかったが、どうせなら一銭たりとも無駄金を払いたくないという欲が出て、マダム・セビーニャに〝できるだけ早く出たい〟と手紙を書いてみたが、返事はなし。かわって例のハゲタカ不動産から一通の手紙が届いた。

「当然のことながら、３か月後です」

ご丁寧にも傍点がふってあった。それなのに、その舌の根も乾かないうちに、マダム・セビーニャから携帯に連絡が入った。なんでも、彼女の娘を入

居させたくなったから、あと2週間で荷物をまとめろと言うのだ。どうせなら3か月分の家賃を先払いする前に言って欲しかった……。口の端まで出かかった言葉を慌てて飲み込む。セビーニャ家の事情は知らないが、少しでも早く出られるのなら朗報に違いなかった。

そうして2週間のカウントダウンが始まった。小さな部屋なのにこの3年の間に溜まった本や雑貨が棚から溢れ出している。いったい、何から手をつけたものか、途方に暮れたまま3日が経った。

引っ越す噂を聞きつけたのか、毎日のように進行状況を見に、管理人のジャネットが部屋を覗いたらしい形跡があった（私は鍵を2回しか回さないのだが、彼女が覗いた後は3回回さないとドアが開かないのですぐわかる）。ふっふっふっ。このプライバシーも何もあったもんじゃない部屋ともいよいよおさらばね。軽い憤りをバネに、荷物整理に力が入る。片付けながら、今までジャネットから被った災厄が、次から次へ思い返された。彼女が預かったまま行方不明になってしまった手紙の数々。私に渡し忘れた請求書の類が

倍額になって再請求されたのも一度や二度ではなかったっけ……。いや、彼女だけを責められない。言葉の壁（私は日本語なまり、ジャネットはスペイン語なまりで、お互いフランス語を話しているとは思えない）のせいで、何かと行き違いもあったのだろう。

実際、夜、仕事が終わった後、引っ越しの手伝いをしに来てくれる彼を捕まえて訴えていた。

「来たころの塔子は本当にひどくて、フランス語もゼロ。それがまあ、成長したもんだよ」

会話をしながら、お互い何度肩をすくめ合ったことだろう。頭に血が上りやすい、一方的に親代わりだと思っている心配性のジャネット。インロックしたときや、（これはできれば書きたくなかったが）日本にパリのアパートの鍵を置き忘れてきてしまったとき、食事中だろうが寝入りっぱなだろうが構わず駆けつけてくれる人でもあった。

昼間にある程度荷物をまとめて、夜に配達用の小型トラックで運ぶという

日々が続いた。電気まで早く止めすぎてしまったせいで、コンロでお湯を沸かすこともままならなかったけれど、荷物が運び出されてだんだんガランとしていく部屋にいるのは心の整理にもなった。お楽しみは休憩時間。掃除に疲れると手と顔を洗い、ビスケットをボリボリやる。コーヒーではなくて、ペットボトルのミネラルウォーターだけど。そんなどうでもいい時間がなぜか愛しかった。

パリに着いたばかりのころ、何日間も何もない部屋で過ごした。食事はランチョンマットを敷いた床でとり、夜はレンガに似せたタイル張りの床に、じかに毛布を敷いて寝た。やたらと天井の高い部屋で、なかなか寝付けない日もあったっけ。やがて、ガランとしていたのが幻だったかのようにものが溢れ、料理をつくるごとに生活感が満ち、自分の空間になっていく。引っ越しはその巻き戻しだ。留学生の多い街、パリは今もどこかでこんなシーンが繰り返されている。入る人に出る人。小さな部屋に、いったいどのくらいの人の思いが残されているのだろう。

いよいよ引っ越しも佳境に入る。タイムリミットが近づくと、はじめのころは丁寧にしていた梱包も、雑になるか、やらないことすらある(そうしてダンボールの中で見事に割れてしまった皿の数々を、あとで見ることになるのだ)。なんとかモップがけも済ませ、最後に残ったテーブルに椅子、ハロゲンランプ(パリで99%の学生がお世話になる間接照明)をトラックに積み込む。

時計の針は深夜を回り、ほとんど夜逃げ状態ではあるが、なんとか2週間の期限は守れた。が……。やはり引っ越しは余裕をもってやるべきだ。荷物が大きすぎて鍵がかけられないため、私も一緒に荷台に乗り込み、落ちないように支えていた。荷物の上に這いつくばった姿勢から眺めた夜のパリの景観を、私は決して忘れないだろう。

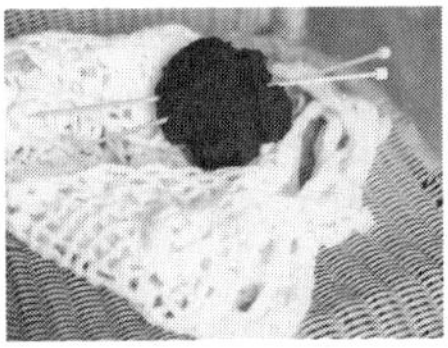

そして、今――

あとがきにかえて

これは片道切符だと自分に言い聞かせ、ひとりパリ行きの飛行機に乗り込んだのが4年半前。休職の道を勧めてくださった上司にあえて退職願を出したのは、逃げ道を残さないためでもあった。でも……。これが本当に半永久的な片道切符になろうとはあのころは思いもよらなかった。

この7月に出産した。結婚した相手はもうパリに長く、これからもここでやっていくことしか考えていない人。お互い別々に錨を降ろしにやってきたのがパリだった。ここで出会い、ここでもうひとつの命を授かったのだから、出産も、出生届もパリでなされるのが自然の流れに思えた。

行きたいのか、残りたいのか。少しでも仕事に未練を残すうちは控えようと、絶えず自分の本心を確かめながら進めてきた渡仏準備に比べると、結婚、出産までの展開はあっけないぐらい早かった。ここへきて、わかりかけてきたことがある。

「そんなに肩肘張って頑張るもんでもないよ。……他力本願って悪い意味に聞こえるかもしれないけれど、流されるのはそんなに悪いものじゃない。でも、風が吹いてきたときにちゃんと自分で帆を張っておかないと動かないから、それをしておくことは大事かもね」

渡仏前、気負った私を見透かしてか、ラジオ番組でご一緒させていただいた五木寛之さんに、こうたしなめられたことがあった。私はそれでも怯むことなく、それなら風が吹けば動けるように、帆を張りに行こうと決意を新たにしたまでだった。新たにしたことはしたが、パリで暮らしていてそんな五木さんのお言葉が意識にのぼることはなかった。

あれは2回目に彼（そのときはまさか結婚することになるとは思わなかったが）と会ったとき。人の顔をまっすぐ見据えたまま、「まだまだ頑張っちゃってるね」と唐突に言われた。だれだって人は頑張っている。特に異国で暮らす人に頑張っていない人はいない。人知れず頑張っている人に「頑張って」と言うほど野暮なことはないと思ってきた。が、「私、頑張ってます」とはた目にもあらわになるほど、格好悪いことも実はない。彼に指摘されたことで、渡仏前に五木さんの言わんとされていたことが突然理解できたような気がした。自分の好きなことに邁進するのを努力や頑張りとはあまり言わない。〝頑張っちゃっている感じ〟とは、自然な流れに逆らってみたり、頑固に立ち向かっているように映ることなのかもしれない。これまで、私は帆を張るどころか、無意識に堤防を築いてきたのだろうか……。少なくとも、彼の言葉をきっかけに私の中で何かが流れ出したのは確かだった。

自分の本心に確認作業がいらなくなってきたのもこのころからだ。不思議なもので、そうなるとおのずと流れが起こったり、風が吹いてきたりする。結婚、妊娠はそうした流れに身をまかせたまでのことだった。

子供をもったことで、これからも本当にフランスで根を張っていくのだという現実を今さらながら嚙みしめている。以前から日本依存症ぎみの私は、妊娠中、耳に入ってくるさまざまな情報に戸惑うと、いつも日本の情報に救いを求めた。私は日本人なのだから、生活習慣も体格も異なる欧米型のものより、自国のものに従うのがいいだろうと。これではいつまでたってもフランスで母親としてやってはゆけないと思ったのか、ついに彼は、私が日本の情報を引き合いに出すのを禁じた。

「日本では……、というのは通用しない。俺たちはここに住んで、ここで生きていくんだから、ここのルールでやっていくしかないんだよ」と。

言葉もそうだ。しょせん手段だからと、なおざりにしてきたフランス語も、問題が自分以外の、子供にまで及ぶと思うと、切迫感が違ってくる。フランス社会の嫌なところはなるべく見ないようにもしてきたけれど、これからはどんどん喰い込んでゆかねばならない。子供を通して見えてくるものに教えられる日々になるのだろう。

自分の心に忠実に生きることが、ひいては身近な人の幸せにもつながるだろうと、今まで、ときにエゴイスティックに生きてきた。寂しがり屋のくせに、ひとりでいる時間がなくてはバランスが取れなくて、そんなところもパリ暮らしには合っていた。が、宿した命が体内から離れ、もうひとつの人格になると、頭では覚悟していたことだが、やはり自分の思う通りにはならない。仕事をしようと思った途端に泣かれ、そうして中断されたことに焦りが募るほど、相手もそれを敏感に感じ取り、さらに泣き声が増してくる。言葉を発し得ないぶん、体から涙をしぼり出して何かを訴えている。こんなに小さな体で、それでも必死に社会に対応しようとしている。そんな体を抱えているうちに、物事を中断されることがそんなに苦でもなくなってきた。自分のことなど多少遅れたっていつでもできる。それに比べると、どんどん成長する子供は待っていてはくれない。今この瞬間にも、毛穴という毛穴から親の愛情を吸収しようとしている。
子供をもって急に大人になれるとは思わない。だけど、子供の存在で自分の気持ちがどう変わっていくのか、見守っていくのも楽しみのひとつだ。

とにもかくにも、以上が私の在仏4年半の軌跡です。これを綴るきっかけをつくってくださった新居典子さん、フランスに渡ってから半年もの間、辛抱強く私の連載開始を待ち続けてくださったことは決して忘れません。同じく、友人でありながら担当者としての役割を担ってくださった岡村佳代さん、3年以上もの間、連載のページを設けてくださった『***Oggi***』編集部のみなさま、そして、変わらぬ情熱をもって本にまとめてくださった佐藤友貴絵さんにお礼申し上げます。また、常に苦楽を共にしながら、素敵な写真を撮り続けてくださった篠あゆみさんに深く感謝申し上げます。どうもありがとうございました。

2003年　秋

雨宮塔子

雨宮塔子

あめみや　とうこ　1970年、東京生まれ。
成城大学文芸学部英文学科卒業。
'93年、株式会社東京放送（TBS）に入社。
「どうぶつ奇想天外!」「チューボーですよ!」など
数多くの人気番組を担当する。
'99年3月、TBSを退社し単身パリに遊学。西洋美術史を学ぶ。
'02年、フランス在住のパティシエ・青木定治氏と結婚。
'03年7月、長女を出産する。
現在もリポーターや執筆業を中心に仕事を続けている。

金曜日のパリ

2003年12月20日　初版第1刷発行
2004年 3月10日　　　第5刷発行

著者／雨宮塔子
発行者／恩田裕子
発行所／株式会社 小学館
〒101-8001　東京都千代田区一ツ橋2-3-1
電話／編集　03-3230-5691
制作　03-3230-5333
販売　03-5281-3555
振替　00180-1-200
印刷所／大日本印刷株式会社
製本所／株式会社若林製本工場

撮影／篠 あゆみ
デザイン／鈴木 徹（豊田セツデザイン事務所）
編集／佐藤友貴絵
関川直子（スタッフ・オン）
協力／新居典子
岡村佳代

ISBN4-09-342641-4

本書は「雨宮塔子の海外ひとり暮らし記
金曜日のパリ」として、『Oggi』2000年1月号～
2003年3月号に掲載されたものに、
新規執筆分を加えて再編集したものです。